Casablanca la bella

Fernando Vallejo

Casablanca la bella

ALFAGUARA

Título original: Mudwoman
© 2012, The Ontario Review, Inc.
    Publicado de acuerdo con Ecco.
    un sello de HarperCollins Publishers
© De la traducción: María Luisa Rodrí

© De esta edición:
    Santillana Ediciones Generales, S. A. de C. V.
    Av. Río Mixcoac 274, Col. Acacias,
    México, D. F., C. P. 03240, México.
    Teléfono 5420 7530
    www.alfaguara.com

Primera edición: julio de 2013

ISBN: 978-607-11-2817-1

Diseño:

Proyecto de Enric Satué

©Imagen de cubierta:

Aníbal Vallejo

Impreso en México

PRISA EDICIONES

a David Antón

Casablanca no es una ciudad, es una casa: blanca como su nombre lo indica, con puertas y ventanas de color café y una palmera en el centro de un antejardín verde verde. Y así ha sido siempre y así siempre será, incambiada, incambiable, como el loquito de arriba, el que dijo: «Yo soy el que soy». Yo también. Yo soy el que soy.

El penacho de la palmera va y viene al son del viento: de izquierda a derecha, de derecha a izquierda, como una cabeza que dice «No», pero no; lo que quiere decir la palmera es «Sí» porque está contenta. ¡Si tu mujer fuera así! Yo gracias a Dios no he tenido ninguna: ni de niño, ni de joven, ni de viejo, ni de muerto. ¿Consecuentar yo mujeres? ¡Jamás! Mi desviada lujuria me salvó.

Pero no hablemos de mujeres que es tema insulso y volvamos al antejardín, en cuyo verde prado una mano sabia, antes de que yo naciera, entronizó en su centro la palmera. Es una palma real que a la fecha, habiendo enterrado a montones, sigue creciendo, como un niño, hacia arriba, hacia el cielo, hacia Dios. Desde lo más profundo del azul celeste, instalado entre el coro de angelitos que me acarician con su canto en las abullonadas nubes la estoy viendo allá abajo chiquitica, chiquitica... Así son las grandezas humanas vistas desde lo alto: poca cosa. Presidente no fui porque no quise. Papa tampoco porque no quiso Dios, que me tiene reservado para más altos designios. Y no me pregunten

9

cuáles porque aún no sé, me mantiene en vilo. ¿Podrá haber dicha mayor para el cristiano que salir en silla gestatoria todo emperifollado, bajo palio, bendiciendo a diestra y siniestra a la multitud que lo aclama? Bendición para el Este, bendición para el Oeste, bendición para el Norte, bendición para el Sur... Y el que no comió hoy, que cante.

Para verle el penacho desde abajo a la soberbia palmera hay que echar la cabeza hacia atrás, en ángulo acimutal, con riesgo de irse uno de espaldas contra el duro suelo. Enmarcan el antejardín unas maticas verdes y rojas. Ah no, no lo enmarcan, digo mal, son una simple hilera que se extiende contra la fachada apoyándose en su cal blanca. Ahí descansan las pobres de estar paradas al sol y al agua dándole felicidad al que pasa. Es importante aclarar que a las maticas verdes las salpican moticas negras, que si no, su verde se perdería en el del prado como un pleonasmo. ¿Y cómo se llaman las maticas verdes y rojas, las unas con moticas negras, las otras sin? ¿Novios? ¿Geranios? ¿Bifloras? Ni lo uno, ni lo otro, ni lo otro. Se llaman «enmarcajardines». ¡Claro que el que vive en apartamento qué va a saber! Hoy en casa ya no vive nadie, y menos con antejardín. O sí, yo, el dueño de Casablanca. Porque han de saber que la compré. A ciegas, desde México la compré, dándole poder a un abogado y sin la menor idea de qué había adentro, en un acto de fe como el del que se va con una prepago, con el solo recuerdo de su belleza exterior que me acompañaba desde la infancia. Las prepago después digo qué son. En cuanto a mi infancia, me la pasé viendo a Casablanca desde el balcón de mi casa, la de enfrente, donde nací, la de mis padres, una casona boscosa que se hizo célebre por el homicidio que allí ocurrió, voluntario o involuntario, culposo o no, Dios sabrá, de uno de mis hermanos (veinte) muerto a manos de otro (dejándome diecinueve). Para no confundir la casona de mi niñez con Casablanca, llamaré a aquélla «Casaloca». Sí, mal que les pese a mis padres, que en el infierno estén, «Casaloca», un manicomio del que me fui a los once años, comienzo de mi vida pública. Con un hatillo terciado al hombro en el que había empacado mi escasa ropa, dando un portazo que hizo cimbrar la calle y que remaché con un solemne «¡Adiós hijueputas!» salí al camino, a torear al mundo y sus pederastas. Hoy mi casa, que quede claro, es pues Casablanca, no tengo otra, y me costó un ojo de la cara. De lo que fue mi infancia disoluta hablaré luego con profusión de detalles para deleite de los morbosos (aunque a lo mejor ni vale la pena). Construyamos por lo pronto sobre lo que ya tenemos: las fachadas, los antejardines, la vida en apartamento, las mujeres, la pederastia de la Iglesia, los angelitos del cielo...

¿Y dónde queda esa maravilla de nombre alígero sobre la que sopla el viento y que ya me está empezando a intrigar? ¿Abajito acaso de Tánger la políglota, al sur del áspero Magreb en el pecaminoso Marruecos que copula con hombres, mujeres, chivos, burros, cabras, mientras bendice a Alá? No. ¿Acaso entonces en la isla Margarita que perteneció a Bolívar si no ando mal? Tampoco. ¿En la Riviera tal vez, donde los chulos costaban, ay, antaño, *soldi spiccioli* pues hoy día, si los hay, costarán el otro ojo de la cara? Tampoco. Ni en el uno, ni en la otra, ni en la otra: en Medellín, Colombia, la ciudad donde nací, bautizada con el nombre del chiquero de Extremadura donde nació Cortés pero que hoy, a trescientos años de fundada, es un emporio con rascacielos, teleféricos, trenes subterráneos, puentes elevados, transmilenios, homosexualismo, aeropuertos... El corazón del planeta desde donde le dictamos al resto la norma. Y para mayor precisión y terminar de una vez con el engorroso asunto de la ubicación espacial (inevitable en este tipo de relatos ya que todo pasa en algún lado), Casablanca queda en la mejor cuadra del mejor barrio de Medellín, Laureles, así llamado por sus majestuosos laureles de troncos gruesos y ramaje denso que nos dan sombra.

Por su fachada evocadora y su risueño antejardín compré pues a Casablanca sin saber qué me deparaba su interior. Casablanca por fuera era lo que era, tal cual la conservaba mi recuerdo; por dentro resultó una ciudad perdida, una villa miseria, un ranchito, un tugurio, una favela, una chabola, una cárcel ciega y sucia, en ruinas, lagañosa, de techos bajos, asfixiantes, y con barrotes en las ventanas de los cuartos que daban a los corredores y a los patios como si unos palitos contorneados de deleznable madera pudieran detener a los ladrones que ya estaban adentro y que venían a robar y a violar en sus cuartuchos o celdas a las señoritas dueñas sin que los pudiera disuadir de sus torcidas intenciones ni misiá hijueputa, o sea Dios.

Los focos fundidos, las canillas chorreando, los cables de la luz chispeando, las alcantarillas deshechas, las tuberías rotas, zancudos en los desagües, moscas en la cocina, arañas en sus tejemanejes... He ahí lo que veían los desolados ojos del desmoralizado comprador. Los patios los habían cubierto con tejas de Eternit (la marca colombiana del canceroso asbesto que hay que sacar de las casas en demolición y de los barcos viejos con escafandra), colocadas sobre rejas de hierro oxidado de las que colgaban en unos zunchos zarrapastrosos unas plantas secas en proceso de fosilización, como las cucarachas que las visitaron en el precámbrico. Por fuera Casablanca era bella, por dentro era la oscuridad de un alma: la del canónigo que vivió con las señoritas hasta que murió, y que les dejó de herencia, instalado en el vestíbulo de la sala, un altar florecido de fotos suyas con los sucesivos papas desde el pérfido Pío XII de los tiempos de Hitler hasta la estulta Benedicta de hoy. Casablanca era una estafa, el enorme engaño de que habla el Código Civil colombiano.

—¿Y por qué no me avisó de lo que era la casa por dentro? —le reproché a mi abogado en la acera, saliendo de la casucha tras mi inspección inicial.

—Por no desilusionarlo —contestó—. El hombre vive de ilusiones.

—Vivirá de ilusiones —repliqué—, pero usted vive de estafarme a mí. Se tramó con las solteronas por una comisión.

—Lo voy a demandar por calumnia y de paso a reportar a la DIAN para que le suban el predial. Sepa que si le escrituré la casa por menor valor fue para que le cobraran menos impuestos. Así paga el malagradecido un favor.

¿La DIAN? ¿Quién era? ¿Una prepago? Que me la mandara para darle bala.

—Y te me vas ahorita, como dijo José Alfredo.

Me tiró las llaves (siete) y las escrituras en la cara, se dio media vuelta, se montó en su camioneta de mafioso y arrancó haciendo rechinar las llantas. Entonces se puso el sol en el penacho de la palmera y cayó la noche sobre Casablanca y mi alma. Así acabó mi primer día en mi barraca. Paso a contar mi primera noche.

«¡Qué estúpido soy!», me decía volviendo a entrar de la calle y hundiéndome en el desconsuelo. ¡Siempre igual! Otra vez que me engañan. ¿Qué me costaba venirme de México a ver la casa por dentro antes de comprarla? No, tenía que ser ya. Ya, ya, ya. Todo lo quiero ya: el amor, la fama, el papado. Y no, así no funciona el mundo, que va a vuelta de rueda.

Prendí el único foco que habían dejado y no encendió. «Ha de estar flojo», pensé, y me encaramé en unos bultos de escombros a enroscarlo. Y en efecto, estaba flojo, pero al

13

enroscarlo se hizo un cortocircuito, saltó un chispero y se me empezó a quemar la casa. Corrí a una enredadera seca que había en el patio apuntalada en un palo, se lo arranqué, y a palazos logré apagar el incendio. Téngase presente aquí, porque hay que decirlo ya, pero ya es que es ya, que Casablanca estaba hecha de paredes de tapia o bahareque, es a saber un entramado de guaduas y cañas compactadas por una argamasa de tierra y excremento de ganado que le dan frescura a las casas, sí, pero que arden con cualquier chispita como Cristoloco el rabioso con los mercaderes del templo porque estaban vendiendo condones. ¡Cuántas no vi quemarse en mi niñez cuando les aterrizaban en los techos, con las candilejas todavía encendidas, los globos de papel de china que elevábamos en diciembre para celebrar la venida al mundo del Niño Dios! Una casa ardiendo místicamente en la noche por amor al Señor... ¡Qué espectáculo hermoso! «¿No habrá aquí una vela?»

¿Y quién encuentra una vela tanteando en la oscuridad de una casa desconocida? ¡Ay, Casablanca una desconocida! ¿En eso acabó mi amor? En eso. Bella por fuera, falsa por dentro, una prepago. Salí de nuevo a la calle, cerré la casa con sus siete llaves y caminé hasta la Avenida Nutibara. Faros enloquecidos horadaban la oscuridad zigzagueando como culebras luminosas que hubieran perdido el juicio. Carros y más carros, motos y más motos, enfurecidos, unos para un lado, otros para el otro, resoplando, atropellando, mientras atronaba la noche el estrépito de las discotecas. ¿Discotecas en mi barrio de Laureles, el más decente, el más calmado, el más chic?

—Decente y calmado fue, y chic, y suyo: ya no más, *Ite missa est*. El tiempo no retrocede. Pasado que se volvió presente es como un inodoro que se vació.

—Señor, ¿dónde hay por aquí una tienda para comprar una vela?

—¿Y para qué quiere una vela? ¿Qué va a incendiar?

—No, nada, es que se me fue la luz en la casa.

—Vaya a Pomona. Allá.

Y me la señaló en la acera de enfrente. Cuando traté de cruzar la avenida, que en veinte cuadras no tiene un semáforo, una moto endemoniada me pasó rozando y por poco no me mata. ¡Le vi las tetas a mi noviecita la Muerte!

—¡Viejo hijueputa! —me gritó el parrillero.

¡Cómo! ¿No dizque estaban pues prohibidos aquí los parrilleros porque les disparan desde atrás de las motos a sus víctimas mientras sus compinches sicarios manejan?

—Aquí todo está prohibido. Y donde está prohibido todo nada está. Todo es nada y nada es todo y todo pasa, señor, todo cambia, la ciudad, el país, el idioma.

¿Y yo? ¿También cambio yo? ¡Jamás! Soy el que siempre he sido, un río fiel a su corriente. En mis remolinos revuelco vivos y los pongo a girar, a girar, a girar como disco rayado a 78 revoluciones por minuto. Con su último «¡Dios mío!» en la boca los saco boqueando, para volverlos a hundir para volverlos a sacar, ahora sí que ciento por ciento ahogados. ¡A mí no me cruza nadie, ni se me mete a bañarse y a orinarse en mis pundonorosas aguas! Por paisajes de ensueño me los llevo entonces rumbo al mar. Planicies, praderas, palmares, manglares, dehesas... Garzas que creen en la felicidad, uno que otro jaguar que allá llaman «tigres», monos de poca monta, un pájaro carpintero demoliendo un árbol, gusanos comiéndose una orquídea... ¡Qué hermosa eres, Colombia! Durante el viaje fluvial los gallinazos le aterrizan encima al ahogado y, como niño que le saca la cuerda al payasito de juguete que le trajo en Navidad el Niño Dios, de ociosos se dan a extraerles con fruición las tripas. Soy el Magdalena, soy el Sinú, soy el Cauca. Vengo desde lo alto de las montañas y voy hacia el mar. Y llego pero no llego.

Velas no había en Pomona: linternas.

—Linternas no, señorita, quiero velas. Velas que alumbren santos y quemen casas.

—No hay.

—¿Entonces para qué están ustedes? A ver, dígame, hable, ¿qué función social cumplen? Aguardiente sí tienen, ¿eh? Lo estoy viendo.

—De eso sí —contestó la estúpida.

Medio barrio de Laureles me recorrí buscando la vela hasta que la encontré: en un tenducho convertido en cantina aguardientera, de lo más vil, atestado de holgazanes sentados en sus culos alicorándose y viendo en la caja estúpida a veintidós adultos infantiles darle patadas a un balón. Un calvo piernipeludo de cuarenta o cincuenta o sesenta años hacía sonar como endemoniado un silbato.

«¿No me quemará esta sagrada vela a Casablanca la traidora?», me iba diciendo de regreso a Casablanca con la vela y cruzando de vuelta la avenida, cuando... ¡chaaas! Que me pasa otra moto zumbando con sus dos sicarios:

—¡Ponete las pilas, viejo marica! —me gritaron.

«Viejo», «marica» e «hijueputa» en menos de veinte minutos, ¿quién resiste? Saqué un revólver de la cabeza y les di bala.

—Conque muy apuraditos, ¿eh? Las balas van más rápido que las motos, par de sicarios maricas.

Corrí hasta donde cayeron los dos sicarios maricas, y les acabé de vaciar el tambor en sus putas testas. Se fueron los interfectos a darse besitos en la boca en la eternidad.

En México, país civilizado, sólo matan lo preciso. Aquí no. Ve el cafre que maneja a un peatón cruzando la calle, y en vez de disminuir la velocidad acelera. Salta la liebre porque salta o se va a rendirle cuentas a Dios. Por eso viejos aquí casi no hay. En Colombia los viejos mueren jóvenes.

Cerrar la casa con sus siete llaves al salir fue difícil; abrirla al volver, un milagro. Metí una de las llaves en la cerradura equivocada y se atoró. Casi me quedo a dormir en la calle a la intemperie como indigente, en el antejardín debajo de la estúpida palmera que ni protege del frío ni protege del calor. Las prepago son putas y los indigentes desechables, que con toda razón así se llaman. Lo que no destruyen lo empuercan, lo que no empuercan se lo roban, lo que no se roban lo dañan, son vándalos. Se cagan en los antejardines, y los medidores de agua de las casas, que tienen que estar en las aceras para que los lea el cobrador, se los roban para sacarles el cobre y vendérselo a los «reducidores», palabra de allá. Lo que sacan del cobre se lo gastan en basuco, que es cocaína fumada. Villanueva, la basílica, la catedral, la nuestra, nuestro orgullo, la más grande en ladrillo cocido en el mundo y séptima en tamaño bruto, desde hace años se la están fumando. Como va horadando la gota de agua la piedra sobre la que cae, poco a poco le han ido raspando los ladrillos, que van convirtiendo en humo. ¡Le encuentran propiedades alucinógenas hasta a Dios!

Acomodé los bultos de escombros en el piso a modo de lecho improvisado, me instalé sobre ellos con la vela al alcance de la mano para apagarla cuando me viniera el sueño, no me fuera a quemar el tugurio la alumbrasantos, y me entregué a rumiar mi negra suerte y mi desdicha. «Si una casa es bella sólo por fuera, por su antejardín y su fachada, lo es para el que pasa, no para el que vive adentro, ¿sí o no?», me iba diciendo. ¡Qué estupidez haber comprado a Casablanca! ¿Y mañana? ¿Qué me depararía el siniestro día de mañana? «La negra noche tendió su manto, surgió la niebla, murió la luz, y en las tinieblas de mi alma triste como una estrella brotaste tú.» Era el doctor Alfonso Ortiz Tirado, médico y tenor romántico, cantándome «La negra noche».

A mi abuela la ponía a llorar cuando lo oía por radio. Yo radio no necesito. Ni equipo de sonido, ni casetera, ni iPad, ni iPod, ni nada de nada de nada. Por don de Dios oigo estereofónicamente en mi interior sin necesidad de aparato: pasodobles, boleros, porros, cumbias, rancheras, danzones, milongas, valsecitos... Musiquita hispánica pues, porque la gringa la detesto.

—¿Y la clásica?

—También. Le cogí tirria.

—¿Tirria a Mozart? ¡Por Dios!

—Dios no tiene que ver con la música. Él es sordo.

Entonces fueron entrando, vacilantes, recelosas, mis hermanas las ratas, dando un pasito, otro, otro, calculando mi reacción.

—Pasen, niñas, pasen, que están en su casa. Si es que se puede llamar casa a esta madriguera. No teman que hace mucho que renuncié a Cristoloco y a su infame Iglesia y a su tartufo papa porque nunca han querido a los animales. ¿Sí sabían que Cristoloco, que era un cordero, comía pescado? Se zampó un platón de puta madre que le dieron sus acólitos acabando de resucitar, con yucas fritas y arracachas. Ya les abrí su buen boquete con un torpedo que les disparé desde México y no pienso descansar hasta que los hunda. ¡Pólvora es lo que me sobra en este barril que está que explota!

—¿Usted es el mexicano?

—Ajá...

—Se nos hacía conocido... Muy mentado. ¿Vino a quedarse?

—Ajá...

—Ojalá que lo dejen hacer el bien.

—Ojalá.

—Pero cuídese que aquí hay ladrones hasta pa tirar p'al zarzo. Brotan del monte como la maleza. *Parturient montes, nascetur ridiculus mus* como dijo el poeta. Y de las comunas bajan al por mayor, porque ellos no son de acá, Laureles es barrio rico. La otra noche en la esquina de Colanta atracaron a un viejito. Y como no traía nada, con unos alicates le arrancaron el pedazo. Nosotras poco más salimos a la superficie, ahora sí que porque abajo ya no hay qué comer.

—Hacen bien, muchachitas, no salgan sino lo estrictamente necesario que los humanos son pestíferos: contagian la peste. No sé por qué los hizo Dios.

—Por malo. Nos da el hambre, la sed, el miedo, la vejez, la angustia, la enfermedad, la muerte.

—Se equivocan. Crean en Él, muchachitas, que si por lo que al origen del mundo se refiere Él no se necesita ya que es propiedad *sine qua non* de la materia la existencia, que es su esencia, Él bueno sí es.

—Si siendo bueno nos va como nos va, ¡qué tal que no fuera!

—Eso es descreimiento de masón. Hay que tener fe, niñas, que *la vita è bella*. En fin, ¡no saben el gusto que me han dado con su visita! Me espantaron un insomnio pertinaz. Váyanse ahora a ver qué encuentran de comer en este erial, que me entró el sueño. Hasta mañana, buenas noches, que Dios las bendiga.

Se fueron ellas, apagué la vela, se hizo la oscuridad, y rogándole al Señor que en su Bondad Infinita me diera un sueño sin sueños porque los míos siempre son pesadillas caí fundido. ¡Como un foco!

Amaneció el día esplendoroso, filtrándose la luz a raudales por las rendijas de la techumbre de los patios. «Estos cobertizos inmundos —me dije— hay que tumbarlos para que entre el sol». Y habiendo conjugado por primera vez en Casablanca el verbo «tumbar», que en el futuro inmediato habría de presidir mi vida, rompió a cantarme José Alfredo en mi interior su «Camino de Guanajuato»: «No vale nada la vida, la vida no vale nada, comienza siempre llorando y así llorando se acaba, por eso es que en este mundo la vida no vale nada». Tres minutos, un prodigio, en mi mayor, y con la sola armonía de la tónica y la dominante, sin la subdominante siquiera ni mucho menos la sensible y los restantes grados ni modulaciones, ¿porque qué sentido tiene que el que va por buen camino yerre? Mamones de conservatorio, idólatras de Bach y Mozart, esto es música. Mozart trina para acabar como gallina cacareando el huevo; y Bach es como el jazz: una diarrea de notas.

Como a José Alfredo lo vi cantando en el Blanquita (un teatro) y ya murió, figura en mi Libreta de los Muertos, en la jota: «Jiménez José Alfredo», con su cruz. Mi libreta es mi cementerio, el de mi intransferible, irrepetible pasado, que no se volverá a dar por más vueltas que den los mundos. Al que vi, así haya sido una sola vez pero en persona, si me entero de que murió, corro a mi libreta y con alegría pero con dolor lo anoto.

—Y cuando me acabe de tumbar los techos de los patios, arquitecto, se me sigue con la pared posterior del comedor, que me interfiere la visual. Quiero los dos patios integrados de suerte que los vea de un solo golpe de vista, en lo que digo «ya». Así la parra verde que le pienso sembrar al primero se continuará, por sobre el comedor abierto, en la verde parra que le pienso sembrar al segundo. El comedor será pues, como quien dice, un divertimento o interludio entre el verde y el verde. ¿Sí me entendió, sí me explico?

—¡Claro! Perfecto. Buenísima su idea de tumbar el muro, me encanta. Pero vamos a conseguir primero un ingeniero calculista que nos haga números, no nos vaya a resultar un muro de carga y tumbemos la casa. Yo tengo uno muy bueno, el doctor Araque.

Doctor sí, pero no de los que recetan. Es que allá «llamamos doctor a cualquier hijueputa», *Colombia dixit*.

Bueno, en los dos muros abiertos del comedor irían rejas corredizas de hierro forjado de Sevilla o de Siena, pero con vidriera para proteger a los comensales de cualquier gotica que les pudiera salpicar la lluvia, y que, cuando no lloviera, se mantendrían abiertas dejando correr el viento de patio a patio. En la larga mesa rectangular del comedor (de dos con veinte por uno veinte y en teca fina, o más bien caoba, barnizada de vino tinto) se sentarían diez a manteles: cuatro en un lado, cuatro en el otro, en la cabecera principal el de la voz y en la opuesta el embajador de México. En el muro de mi cabecera un reloj me cantaría las horas con campanadas joviales: la una, las dos, las tres, las cuatro... Las que me restaran antes de irme a fundir en Uno Solo con mi Creador.

—¿De qué color quiere que le pinte el hierro de las rejas?

—De negro, arquitecto, que no se ve. Como las canoas que bajan del techo desaguando las aguas lluvia.

—Perfecto.

A todo asentía, obsequioso, el Miguel Ángel.

Y en el segundo patio me tumbaría mi Miguel Ángel los dos cuartuchos hechizos y el zaquizamí de la sirvienta, que para qué quiero cuarto de sirvientas si no hay sirvientas porque el Congreso las acabó con su ley de la maternidad holgazana pagada por el patrón, sumiendo a estas pobres máquinas de parir en el desempleo parturiento. Y no bien me hubiera tumbado los cuartuchos, en el desahogado patio me habría de instalar, entre el verdor de sus enredaderas, una fuente con una hiena de piedra negra que pesara una tonelada y botara agua a chorros por las fauces desde el amanecer. Iría adosada la flamante gárgola contra el muro que separa a Casablanca del inmueble de atrás, y la verían

21

desde la calle, boquiabiertos, cuantos pasaran y atisbaran hacia el interior.

—¿Sí me explico, arquitecto?

—Una tonelada es mucho. A ver qué dice el doctor Araque. A lo mejor con suerte sí nos aguanta el muro divisorio.

«Nos aguanta» en plural, como si mi Casablanca también fuera suya, y «con suerte» como si empotrar una fuente en un muro fuera ganarse uno la lotería.

Por contraposición a la hiena maquiavélica, en el primer patio iría una fuentecita inocente con un niñito desnudo orinando, como los de Bélgica.

—Un cupido.

—Un cupido no, arquitecto, que esto no tiene nada que ver con el sexo. Un angelito orinando. Un angelito con poliuria.

Los cielorrasos entablados con que se la tiró el canónigo me los habría de tumbar, volviendo a Casablanca a su apariencia original. Inicialmente Casablanca fue una casa de techos altos de dos aguas, con tejas de barro por fuera y vigas y alfardas por dentro, despejada, aireada, fresca, como se estilaban cuando yo nací. Los cielorrasos le quitaban altura y frescura, la asfixiaban. ¡A tumbarlos! En cuanto a los cuartuchos canonicales, ¡a tumbarlos también para abrirles campo en su lugar a los espaciosos cuartos del pasado de techos empañetados y pintados de cal blanca donde laboraran día y noche las arañas y durmieran en el día los murciélagos! Casablanca sería un canto al respeto al prójimo y a la libertad.

—Entendido. Perfecto. Que sople el viento por entre el verde y el amarillo de patio a patio.

—Amarillo no, ¿de dónde sacó ese color? Ni anaranjado ni amarillo. No los quiero, los detesto. ¡Más que los timbales de Beethoven!

Un maestro albañil venido a Medellín de algún pueblo huyendo de la violencia que a lo mejor él mismo allá desató, un ganapán socarrón curtido en el arte de dañar y embaucar, en espera de ocasión más propicia para expresar su sabio dictamen, o sea meter su cucharada, con un pesado mazo de hierro que cargaba en la mano nos escuchaba atento. ¿Y por qué no ponía el pesado mazo de hierro en el suelo el ganapán si no lo estaba usando, me preguntarán? Ah, es que ésa era su manera de trabajar. Trabajaba sin hacer nada.

—Y mejor que no haga nada. Si lo pone a trabajar, se inventa una lesión en la columna y lo tiene que cargar de por vida.

—¡Ay muchachitas, ustedes siempre tan pesimistas, viéndolo todo negro! Hay que tener fe en la humanidad, la vida es bella.

—¿Hoy también sin poder dormir, instalado en la vigilia con su vela?

—De un tiempo para acá no me hacen efecto los ansiolíticos.

—¡Pues claro, cómo le van a hacer si el problema suyo no es de ansiedad! Es de angustia. Lo que necesita son unos buenos angustiolíticos.

—«¡Qué más quisiera el ciego que ver, pero no puede!», como me dijo el doctor Barraquer, el oftalmólogo. Angustiolíticos no hay. Ni buenos, ni regulares, ni malos. Ni en tabletas, ni en cápsulas, ni en emulsión. Y si lo que me está provocando Casablanca son ataques de angustia, me los curará la Muerte porque esta casa la reconstruyo como se me antoja, como me canta el culo y las que me cuelgan o no me llamo.

—Va a ver que sí. Usted todavía tiene mucho que dar, mucho bien que hacer. ¿Y cómo le fue con el arquitecto?

—*Pas mal du tout.*

—Cuídese que lo deja en la ruina. Es más bruto que gachupín al cuadrado y más falso que cardenal en cónclave. Nosotras lo conocemos de otros edificios de por aquí. Deshonesto ciento por ciento, del cual saca religiosamente el cincuenta para su calculista Araque.

¿También Araque? ¿Qué hacer?

—Venda a Casablanca como lote.

Araque en su exterior es sordo como una tapia. En su interior, sucio como otra. O mejor dicho como la misma tapia porque todas están hechas, según dije, de boñiga y cagajón. Los esquimales construyen sus iglús de hielo; aquí construimos con excremento. Casablanca es Casamierda. ¡Y después me dicen que por qué no duermo!

Pero yo de resistencia de materiales no sé un carajo. Araque sí. Y de matemáticas. ¡Es el Putas! Va y viene de pared en pared pensativo. Las observa de pies a cabeza. Duda. Piensa: «¿Sí resistirá ésta la piqueta?». Le abre un huequito con un taladro, y con un termostato de sandwichera le mide su capacidad de aguante, la resistencia. En una libretica atiborrada de raíces cuadradas y corchetes e integrales e inclusiones y epsilones y funciones y denominadores debajo de numeradores debajo de otros denominadores debajo de otros numeradores, va anotando entonces las cifras que le revela su termostato. ¡Araque es un charlatán! Un Einsteincito.

Hoy tengo en Casablanca treinta y tres albañiles, un maestro de obras, un arquitecto, un calculista y un interventor. El interventor supervisa al calculista, el calculista al arquitecto, el arquitecto al maestro de obras, el maestro de obras a los treinta y tres albañiles, y el interventor, el calculista, el arquitecto, el maestro de obras y los treinta y tres albañiles los pago yo. La plata se me va como con un taxímetro loco tragando millones. Y apenas estamos en la primera fase, conjugando el verbo «tumbar». Y para semejante batallón,

¿saben de cuántos inodoros dispone Casablanca, o sea yo? De dos. Dos que drenan mal y a los que les entra el agua gota a gota. Lo que tengo no es angustia: es un problema de plomería y alcantarillas. Y claro que no duermo. Y cuando por fin me duermo, sueño. Anoche soñé con Santa Anita.

Santa Anita no es una santa, es una finca. De cuatro cuadras con naranjales, guayabales, limonares, pesebreras, pastizales, cafetales, una casita para el mayordomo y un caserón para nosotros, de corredores florecidos de novios y geranios y azaleas por los que sopla desde Itagüí y Envigado la felicidad, más vacas, gallinas, caballos, búhos, murciélagos, culebras, perras que se llamaban todas Catusa, perros que se llamaban todos Capitán, loros que se llamaban todos Fausto, y un turpial que respondía al nombre de Caruso pero que cantaba bambucos colombianos. Hermosa, hermosa, hermosa, la finca de mi abuela Raquelita, la que lloraba oyendo «La negra noche» que le cantaba el doctor Alfonso Ortiz Tirado por la Voz de Antioquia y que es a quien más he querido en la vida aunque también, ay, ya murió y ya la anoté en mi libreta. Como anoté también a Santa Anita porque también murió: la tumbaron para construir en su empinado terreno una urbanización. Por la parte de atrás de Santa Anita una montaña imponente nos observaba día y noche desde su cumbre azarosa envuelta en nubarrones.

—Esa montaña es una espada de Damocles —diagnosticó mi papá.

Pues bien, un buen día, que en realidad resultó malo por lo que van a ver, la espada de Damocles hizo honor a su nombre. Cayó. ¡Se vino la montaña sobre la urbanización y se la arrastró! Era un barriecito humilde de mujercitas paridoras a las que Dios, El de las Nubes, se llevó a su Gloria.

Tres inodoros tenía Santa Anita, de los que no se hacía ni uno: no drenaban y el agua lodosa que les entraba a sus tanques les caía como el suero que les dan a los moribundos: ¡tan!, ¡tan!, ¡tan!, gota a gota. Era un suero espeso, turbio, pantanoso. Cada tanto sueño con Santa Anita y sus inodoros y el sueño del paraíso se me convierte en pesadilla. ¡Cuáles angustiolíticos! Yo lo que necesito, señores, por favor, es un plomero. Pero ya, ya. Uno que sirva. No este batallón de cagamierdas taimados buenísimos para opinar y cobrar pero nulos para trabajar.

—Doctor —me dice uno de los treinta y tres hijueputas—, los inodoros están taquiados.

—Pues destáquielos.

—¡Para qué, si no hay agua!

—¿Por qué no hay agua?

—Porque la cortaron.

—¿Por qué la cortaron?

—Porque no pagaron.

—¿Quiénes no pagaron?

—¡Quién sabe!

Este «¡Quién sabe!» me pone a delirar. El español no es humano, es marciano. ¡Con razón te está tragando el inglés, idioma estúpido!

Las solteronas se mudaron sin pagar el agua, y claro, la cortaron. El agua en Medellín es otra espada de Damocles que pende los trescientos sesenta y cinco días del año sobre los que trabajamos, los ricos, los propietarios, los que pagamos, los que cargamos con la sociedad. Para los pobres es gratis. En lo que fui a pagar el agua a las Empresas Públicas y en lo que me la reinstalaron se fue una semana durante la cual las obras de Casablanca quedaron suspendidas, pagándoles por supuesto, claro, ¡cómo no!, a todos su salario el de la voz, su servidor, el que aquí toca el violín y lleva la batuta, el Paganini, yo. Reinstalada el agua respiré y me entró oxígeno. Y quedé protegido para las siguientes tres angustiosas semanas en espera de que volviera a caer sobre Casablanca y su dueño la espada de Damocles. ¡Y después me dicen que por qué no duermo! Nosotros los propietarios y los ricos no tenemos derecho al sueño pues no tenemos derechos, tenemos deberes. Para nosotros promulgó la Revolución Francesa la Declaración Universal de los Deberes del Hombre. Derechos tienen los pobres: no pagan luz, no pagan agua, no pagan escuela, no pagan universidad, no pagan impuestos. Se refocilan, pichan. Copula la puta, se duerme, y a los nueve meses pare.

Vuelta el agua y reinstalados en sus funciones los inodoros del gota a gota, a la demolición de muros le sumamos la demolición de cielorrasos y pisos. Fue todo entonces un ir y venir y subir y bajar entre martillazos y trancazos y mazazos y nubes de polvo. Casablanca era toda acción. Iban, venían, subían, bajaban, horadaban, perforaban, martillaban. Un frenesí de destrucción se había apoderado de mi personal, probándome lo que siempre he dicho: que ésta es una raza vándala. Al quitar el entablado de la sala nos encontramos con una sorpresita: un hueco acuoso, pantanoso, mierdoso, que mientras más cavábamos más ancho y más hondo era. ¿Un entierro de doblones de oro que dejó el canónigo? ¡Ojalá! ¡Qué más quisiera el ciego que ver pero no puede! Era el caño de desagüe del inodoro de la segunda planta, que bajaba por el garaje y cuyos empates por el paso de los años y porque «todo por servir se acaba» *(Mexico dixit),* en su continuación subterránea bajo el entablado de la sala se habían deshecho y las aguas negras se habían ido filtrando, regando, inundando el subsuelo calladamente buscando salida al alcantarillado público por el antejardín pasando por debajo de la fachada. Con sus muros de excremento flotando sobre agua mierda Casablanca era mi gran Tenochtitlán.

La fiebre del oro se apoderó del batallón de hijueputas. ¡A demoler en busca de los doblones del canónigo! Al toparse en el subsuelo de la sala con la fachada empezaron a excavar bajo ella.

—¡Qué hacéis, insensatos, hideputas! ¿No veis que la fachada está levantada sobre lodo y que se va a venir abajo si seguís excavando, arrastrándose la casa y sepultándonos a todos?

¿Por qué dije «hideputas» como don Quijote y empecé a hablar de «vosotros» si no soy gachupín de España? Hombre, por la desesperación. ¿No repetía pues cuando el terremoto de México como loquito «Ay Dios mío, ay Dios mío, ay Dios mío»? Ahora sé que invocar a Dios en terremoto es como pedir auxilio en hundimiento del *Titanic:* un apartamento, como una casa, no es más que paredes llenas de aire que caen como castillos de naipes y quedan a ras del suelo en escombros. Lo que hago cuando tiembla no es meterme bajo el dintel de una puerta como solía antes del terremoto, no, ése es un gran error: subo con un paraguas a la azotea, que queda sobre mi apartamento, abro el paraguas, y mientras el edificio se desmorona bajo mis pies voy cayendo encima de los vecinos de abajo comprimiéndolos. ¡Pobres! Lo duros que eran para pagar estos «condóminos» sus cuotas del mantenimiento...

—¡Qué diíta el suyo, casi le tumban el castillito de naipes!

—Gracias a Dios no pasó a mayores. Ahora lo que estamos haciendo es apuntalar la fachada, montándola en pilotes de cemento armado, pero por segmentos porque si lo hacemos de una se cae. Hoy excavamos un poquito, y apuntalamos. Mañana otro poquito, y apuntalamos. Y así, paso a paso, según lo que toma el cemento en secar.

—Sí, tenga paciencia que todo no puede ser ya, ya, las cosas toman su tiempo. La digestión, por ejemplo. Hoy no hemos comido en todo el santo día.

—¡Ay, mis niñitas! ¡Qué más quisiera que poderles servir un platón inmenso de arroz, pero cómo!

—Y si le puede poner un poquito de carne, mejor. O si no, aunque sea pescado. Como el que comió Cristo.

—Imposible, niñitas. Si les doy de comer, se reproducen. Si se reproducen, tienen hijitos. Y si tienen hijitos, ellos sufren. La vida es un horror.

—¡Qué importa! Descansemos del horror aunque sea por hoy. Hoy comemos, mañana moriremos. Para morir nacemos.

—¡Ay, niñitas, están hablando como los sicarios! «Para morir nacemos» dicen los pobrecitos.

—¡Ah, sí! Pero mientras mueren los pobrecitos matan.

—Ustedes cargan con su dolor. Yo cargo con el mío y con el de ustedes. ¡No! No y no. Ni hoy, ni mañana, ni pasado mañana, ni nunca habrá arroz. Si las pudiera esterilizar, sí. Pero como no he encontrado la forma... La vacuna que inventé para esterilizar perritas con zona pelúcida de cerdo fracasó. Resultó una vacuna fecundizante. Y en vez de diez nacían veinte.

—¡Pero a quién se le ocurre inyectar zona pelúcida! Eso es una ridiculez.

Medellín está cambiado. En los años que dejé de verla, que son los que llevan haciendo su obra de misericordia los sicarios, se volvió otra. Donde había casas hoy hay edificios. Donde había calles hoy hay avenidas. Donde había avenidas hoy hay un metro elevado que se prolonga en teleféricos y transmilenios. Los teleféricos suben a las comunas o barriadas de las montañas. Y los transmilenios, que son los que van de un milenio al otro, pasan veloces como una saeta levantando la hojarasca del tiempo.

Tienen aeropuerto nuevo, un acuario con tiburones y un centro administrativo, La Alpujarra, donde han concentrado, en «edificios inteligentes», más tiburones: las alimañas de la burocracia con su papeleo y sus atropellos, tanto de la ciudad como del departamento. La ciudad es Medellín y el departamento es Antioquia, que lo constituyen cien pueblos, hundidos en la miseria. Una valla inmensa anuncia en La Alpujarra: «La tragedia de Medellín es Antioquia». Y sí, porque cuando se acabó el cultivo del café los desempleados de los pueblos se volcaron sobre la ciudad y la reventaron. O mejor dicho, la acabaron de reventar. Yo nací ahí, en Medellín de la Candelaria, cuando tan sólo éramos cien mil almas. Hoy tiene tres millones de almas, que excretan y no caben, que se hacinan y se matan. El papa Wojtyla, que vino al Estadio Atanasio Girardot (del tamaño de un planetoide) a rociar agua bendita como manguera loca y a repartir bendiciones plenarias entre los que pichen y no se laven, hasta hoy no les ha hecho casita.

—Joven: en este enredo de ciudad que ya no conozco, dígame por el amor de Dios dónde está el Parque de Berrío.

—¿De cuál Berrío?

—Del prócer.

—Quién sabe...

—¡Pero por Dios, cómo no va a saber dónde está el Parque de Berrío! El de la iglesia de la Candelaria.

—¿La Candelaria?

—¡Claro, la Candelaria! Una iglesita blanca, bonita, en el costado oriental. Para más señas: en el atrio le aterrizan las palomas y adentro tiene un Señor Caído doloroso que alumbran miles de veladoras. De niño me hacía llorar. Hoy de viejo lo quiero volver a ver para llorar otro poquito por él, por lo que le hicieron los judíos: con unos alicates le arrancaban el pedazo.

De la iglesia de la Candelaria salían en Semana Santa las procesiones más exitosas, las más dolorosas. La de la Soledad, por ejemplo, el Viernes Santo, en la noche: salía la Santísima Virgen sola, desolada, con un manto negro tachonado de estrellas, llorando por la muerte de Jesús. ¡Pobrecita! Una madre sí es lo más bello que ha parido el mundo. ¡Lo que me hizo llorar esa viejita!

Que no. Que no sabe. Ni de Jesús, ni de la Virgen, ni de ayer, ni de hoy, ni de nada, pero de nada es nada. Son irreales. Fantasmas. Van montados en unas motos, en enjambres, atropellando, atropellándose, sin pasado, sin presente, sin futuro. O sí, futuro sí: se extiende hasta donde alcanzan a ver sus ojos: dos cuadras. Nací en tiempos de religión y de poetas de ritmo y rima. ¡Pero consonante consonante, ¿eh?, no la asonante del mariquita octosilábico y taurófilo de García Lorca!

Recuas de mulas que vienen desde lejanías brumosas por caminos de herradura, subiendo y bajando montañas y vadeando ríos torrentosos por donde Dios les ayude, están entrando ahora (por la puerta grande de este corazón que sangra) al Parque de Berrío cargadas de mercancía. Traen telas, clavos, martillos, ollas, cucharas, camándulas. «Tan, tan, tan», me está diciendo en este instante ese corazón loco, que se empecina. No le hago caso. Lo que siempre ha estado no se ve, no se oye, no se siente, es como si no estuviera, sigamos adelante, volvamos atrás. Somos cien mil almas más la mía, que acaba de nacer en esa ciudad gigantesca que tiene dos emisoras, tres periódicos, veinte iglesias, arzobispo, catedral y tranvía. La catedral es inmensa. La constituyen millones de billones de trillones de ladrillos. Si el papa viene y la ve, ¡se va a sentir tan chiquito!

«¡Tan! ¡Tan! ¡Tan!» No es un corazón, son mazazos. Están tumbando. Del pasado lo único que están dejando en pie son las iglesias. Y yo pregunto: ¿Para qué iglesias si El Que Tiene Que Ver Y Oír Y Entender no ve, ni oye, ni entiende? ¿Cuántas veces no le he rogado, directamente a Él o por la intercesión de su Santísima Madre, que se lleve a Benedicta Ratzinger? No oye. No le llegan mis palabras. Conclusión: no sirve Ella la intercesora, ni sirve Él, la Tapia Eterna.

Muerto Dios en Medellín y olvidado el que colgaron de una cruz con clavos, hoy sólo creemos en la Selección Colombia.

—Señor —le pregunté al chofer de taxi que me llevaba a Home Center a comprar unos inodoros nuevos para Casablanca—: ¿qué habría preferido usted: conservar los ciento ochenta y cuatro mil novecientos cincuenta y nueve kilómetros de mar abierto sobre un océano de petróleo que acaba de perder Colombia en un laudo arbitral con Nicaragua, o la copa mundo?

—Pues la copa mundo.

—Y no perder en otro laudo arbitral con Nicaragua las islas de San Andrés y Providencia, ¿o la copa mundo?

—Pues la copa mundo.

—Y no perder el departamento del Chocó en un laudo arbitral con Panamá, ¿o la copa mundo?

—Pues la copa mundo.

—Y que una bomba atómica no destruya a Medellín, ¿o la copa mundo?

—¿Y quién va a destruir a Medellín? —preguntó pensativo.

—No, es un decir... Corea del Norte... China...

No contestó porque lo rebasó zigzagueando una moto que casi nos da. Y con la rapidez de un relámpago, olvidándose de los doscientos mil kilómetros de mar petrolero que perdimos y de las islas de San Andrés y Providencia y del Chocó que vamos a perder y de nuestro Medellín amado que van a bombardear los chinos y del Santo Grial que nos va a traer en bandeja de plata la Selección Colombia cuando ganen, hijueputió a los dos sicarios. No nos dispararon porque Dios es grande. Muerto me vi.

—Inodoros ahorradores de agua no quiero, arquitecto, porque los tiene que estar limpiando con un cepillo el usuario. Quiero de los de antes: que gasten agua. Ni quiero focos ahorradores de energía porque no alumbran. No: de los de antes, de los de Edison, con filamento, que den luz, no estos cocuyos de ahora. ¿Sí me explico? ¿Sí me hago entender?

—Son antiecológicos.

—¡Qué más antiecológico que una madre pariendo!

Y sin poder dormir, contando hijueputas en vez de ovejas, me daba vueltas en mi duro lecho. Yo no quiero la lámpara de Aladino para que me dé tesoros. La quiero para que me alumbre. ¡Qué más tesoro que la luz en la oscuridad! También *Las mil y una noches* estaban mal, todo estaba mal, ya no podía con mi alma. Entonces fueron entrando mis muchachitas:

—¡Claro!, todo está mal para el insomne, pero no. Ya verá que sí consigue sus inodoros despilfarradores de agua. Duerma tranquilo que mañana en Carrefour los encuentra.

Amaneció el día reluciente, prendido el sol y encendida la esperanza. Hoy a las diez vienen los de las Empresas Públicas a darme, después de semanas de haberla solicitado, la autorización para que pueda instalar la tubería del gas. La del agua está en trámite y aún no la dan. La de la electricidad también y tampoco. Me tienen paralizada la Obra (con mayúscula como la de monseñor Escrivá de Balaguer, el santo del polvo atrancado). ¡Ah!, y me falta que me autoricen también «el sistema de desagües», que consta de un caño de aguas negras, que son las que salen de los inodoros, y de un caño de aguas lluvia, que son las que nos manda del cielo Dios. Dos caños: el uno de un material, el otro de otro. ¿Y para qué dos caños de distinto material si los dos al salir de las casas se juntan? Ah, para darle a la población cultura ecológica. También la basura hay que separarla en dos, en dos bolsas: en una va la biodegradable y en la otra la que no (después en el basurero municipal las juntan). Sin un medio ambiente mental sano no hay porvenir. ¿O para qué cree que pagamos tanto burócrata? Para que legislen. ¡Que trabajen!

Y legislando, legislando, ¿saben qué más se les ocurrió? Poner en la mitad de las aceras una línea de baldosas con resaltos para los ciegos, que van tanteando con sus bastones. Al llegar a la esquina, una baldosa con gruesos puntos en alto relieve les anuncia que llegaron, que la estrecha acera terminó. Y llegados a la esquina, ¿cómo cruzan la calle los ciegos, si usted que ve la otra noche tratando de cruzar la Avenida Nutibara casi lo matan? Ah, ellos verán. Dios dirá. Por lo pronto, preocupémonos de los que vemos: todos, sin excepción, le sacamos el cuerpo a la línea de baldosas resaltadas. El que no, se arriesga a caerse. Y si cae por fuera de la estrecha acera, ¡a volar paloma! Hijos dejó huérfanos, esposas dejó viudas y madres «deshijadas», imprescindible vocablo que les propongo a los Señores Académicos de la Lengua para que lo acepten y enriquezcan este idioma paupérrimo en que si un hijo pierde a los padres es «huérfano», ¿pero si un padre pierde a un hijo qué es? ¿Un «deshijado»? Y si un hermano pierde a un hermano, ¿qué es? ¿Un «deshermanado»? ¡Qué pobreza de idioma! Con razón dijo el gran escritor español Juan José Millás que España es mierda.

A las diez no vinieron los de las Empresas Públicas. A las once tampoco, a las doce tampoco, a la una tampoco, y así. Ni al día siguiente ni al postsiguiente. Sigo esperando. Por lo pronto, mientras espero, espero que el vecino, un pastor evangélico, me meta en cintura a su pastor alemán que le ha dado por cagarse en mi acera, al borde de mi antejardín verde verde. Estoy que mato a ese hijueputa. O sea al pastor. O sea al evangélico. El perro hace lo que le permite el dueño. Como la secretaria del ministro:

—El señor ministro no está. Está en junta —contesta por teléfono la malcogida.

—Si está en junta, señorita, sí está: en algo está. ¿No estará en junta con Pablo Escobar el mafioso?

Y ¡pum!, le tiro el teléfono y la degüello telepáticamente con un machete.

—¿Y esta noche en qué anda? ¿Escribiendo?

—Mju...

—¿Otro libro?

—No. Cuentas. Llevo gastado en esta obra un platal y no avanza. Por lo uno, por lo otro, por el uno, por el otro. Lo que hace bien el uno hoy, mañana lo daña el otro. Es el cuento de nunca acabar que le mina la voluntad hasta a misiá hijueputa. Ganas me dan de pasar todo esto al papel... Mis memorias de Casablanca.

—¡Va a ser un éxito! A ver si no se las piratean, porque aquí se roban un hueco. «¡Las Memorias del Barón Casablanca, sus aventuras amorosas! ¡A dos por diez! ¡Más una caja de chicles!»

—Hoy rompieron un tubo de agua y me inundaron el tugurio y lo dejaron en lo que ven: un lago. No duermo. Floto.

—Y nosotras que le veníamos a plantear un problema...

—¿Cuál, por Dios? ¿Qué? ¿Qué pasó?

—Mire: el jaguar es carnívoro ciento por ciento, ¿cierto?

—Cierto.

—La pantera es carnívora ciento por ciento, ¿cierto?

—Cierto.

—El leopardo es carnívoro ciento por ciento, ¿cierto?

—Cierto.

—El puma es carnívoro ciento por ciento, ¿cierto?

—Cierto.

—El tigre de Bengala es carnívoro ciento por ciento, ¿cierto?

—Cierto.

—Usted que ama a los animales de sistema nervioso complejo porque sufren, amará entonces también al jaguar, a la pantera, al leopardo, al puma y al tigre de Bengala, ¿cierto?

—Cierto.

—¿Qué hacemos entonces con el jaguar, la pantera, el leopardo, el puma y el tigre de Bengala que son carnívoros y se comen a los demás animalitos ciento por ciento? ¿Los matamos, o qué?

—¡Ay, niñas, no me planteen dilemas morales que hoy no puedo ni con mi alma! Estoy que tiro la toalla. Casablanca me va a reventar.

—Tírela y véndala como lote, que si la vende hoy pierde menos, pero si la vende mañana pierde más.

—Y yo feliz de que vinieran ustedes a darme apoyo moral...

—Sí, sí se lo damos, cuente con él. No más queríamos saber... Pero si tan grave es el asunto y sufre, dejémoslo así y hablemos de otra cosa. ¿Qué está tomando para el insomnio?

—Alprazolam, rivotril, diazepam...

—¿Algún remedio natural?

—Nnnuuu...

—¡No vaya a tomar por Dios infusión de siete potencias, que es como un viagra natural y lo hace salir a la calle a buscarse algún hampón y de pronto lo mata!

—¿Alprazolam?

—Sí, doctor.

—¿Rivotril?

—Sí, doctor.

—¿Diazepam?

—También, doctor, ¡qué remedio!

—¿Y por qué tanto remedio?

—Porque las benzodiacepinas no se pueden cortar de golpe. Son de suspensión gradual. Haga de cuenta la mujer de uno, que uno tiene que ir reemplazando de a poquito por otras.

—Las benzodiacepinas causan dependencia, ¿sí sabía? Son una especie de drogadicción.

—¿Y qué más drogadicción que la de estar vivo? Ésa sí que causa dependencia...

—¿Espasticidad?

—No, doctor.

—¿Ausencias típicas?

—No, doctor.

—¿Atípicas?

—Tampoco.

—¿Paraplejia?

—No.

—¿Síndrome del hombro rígido?

—¡Qué más quisiera, doctor, que tener rígido aunque fuera un hombro!

—¿Atetosis?

—No.

—¿Trastorno bipolar?

—No.

—¿Ataxia-telangiectasia?

—No.

—¿Pero sí conoce estas enfermedades y síntomas?

—¡Si las conociera, doctor, ya las tendría todas! Enfermedad que me mientan se me pega, y le reproduzco todos los síntomas.

Por lo pronto lo que más me inquieta (aunque no se lo dije al doctor) es que estoy cogiendo el vicio de la parentitis (el de los paréntesis), y esto me daña el estilo, que, como bien dijo Buffon es el hombre. ¿Y la mujer qué? ¿También la mujer es estilo? La mujer no. La mujer es una bestia bípedo-carnívora nacida para el mal. Les soltaron la rienda y ya son médicas, ingenieras, químicas, aviadoras, astronautas, dentistas... Mujer dentista es dentadura perdida: tienen los dedos de las manos pegados como palmípedas. ¡Y las santas! Miren a esa puta Madre Teresa: dañina, mala, atea. No creía ni en Dios.

—¿Y Cristina viuda de Kirchner?

—Roba y gruñe, roba y gruñe, roba y gruñe. Es fea, fea, fea. Estas viejas que le digo son de lo más dañino que ha parido la Tierra. ¡Degradan hasta a la humanidad!

—¿Y los pobres?

—¡Ah con los pobres!

El pobre come, el pobre engendra, el pobre silba, el pobre pare y deja hijos y huellas dactilares por donde pasa: en los ascensores, en los cristales, en las vidrieras, en las vajillas de té... Las paredes de Casablanca, acabaditas de encalar de blanco, llegó el maldito cerrajero a componer unas chapas que me puso mal, y por donde pasaba les iba estampando la mano. Dieciocho huellas digitales me estampó en otras tantas paredes. Ahí están, vaya, vea, cuente. ¡Qué! ¿No tenéis pasado criminal, chusma puerca? ¡Claro que lo tienen! Se puede decir que nacieron con él. Lo que pasa es que como éste es el país de la impunidad rampante... ¡Quién se va a preocupar aquí por unas huellas dactilares!

—Otro padecimiento recientemente adquirido, doctor: la mayusculitis.

—¡Claro, porque vivió en Alemania! Allá la agarró.

—En Alemania no: en Italia, a la que quiero desde siempre. De niño leía a Dante.

—¿En italiano?

—En italiano no, en florentino. Hablar de italiano tratándose de Dante es un anacronismo de cinco siglos y medio. Antes de Garibaldi no hay italiano. Hay dialectos.

—¿Y hoy?

—Los mismos dialectos de antes, doctor, más los que adquirió el italiano. Italia es una colcha dialectológica. No sé cómo puede haber allá escritores.

Y un padecimiento más, muy grave, que es muy importante que le cuente al médico porque él también lo padece: la gesticuladera. ¡Esta condenada manía de mover las manos el que habla, sin ton ni son! Hoy el que habla manotea. Miren por televisión un «panel de analistas» y verán: todos quietecitos hasta que les toca el turno de hablar. Y arranca el bípedo manoteador con su guirigay acompañado de un remolino de manos. Una veleta. Un *maelstrom*. ¡Energía eólica para salvar el planeta! ¡A conectarles a estos molinos de viento vivientes un dinamo en el antifonario y sacarles de una sentada lo de una central nuclear!

—Y dicho esto, doctor, una confesión: se me está pegando a mí también la gesticuladera. ¿Pero sabe qué hago?

—No.

—Me agarro fuerte las manos, la derecha con la izquierda y la izquierda con la derecha, y les digo: «Quietecitas, hijueputicas, no se me muevan». Y santo remedio. Bueno, doctor, esto era todo, ái nos vemos. ¿Le pago a su secretaria, o a quién?

—Sí. A la enfermera.

—¿La que está vestida de blanco?

—Sí. La de blanco.

La mafia blanca, que diría Foucault. ¿Manotearía también Foucault? ¿Y Cristico? ¿También manotearía? ¿Y en qué hablaría? Yo digo que en griego, en el griego de la Pentápolis por donde quedaba Nazaret (que no existió), de donde era su familia (que tampoco) y donde él pasó su infancia (si es que un inexistente tiene infancia): en el griego de la *koiné*, el griego vulgar de mercaderes y marineros que se hablaba en la cuenca del Mediterráneo. Decía muy convencido el hippicito que era el Hijo de Dios. ¿Ah sí? ¿De cuál Dios? ¿De Yavé? Yavé no tuvo mujer, era soltero, y el que no tiene mujer no puede tener hijos. Cristoloco no leyó las Escrituras. ¿No te las enseñaron en el templo, culicagado? Y si eras el Hijo de Dios, ¿por qué te llamaban entonces el Hijo del Hombre? ¿Pero de cuál Hombre? ¿Del carpintero José? José el carpintero, un cornudo, no tuvo arte ni parte en tu engendramiento, él estaba ocupado haciendo ataúdes y camas. A ti te engendró el Espíritu Santo con su sombra.

Cristoloco por lo tanto, doctores de la Pontificia Universidad Javeriana de Bogotá y de la Universidad Pontificia Bolivariana de Medellín, monseñores, canónigos, teólogos, apologéticos, señores todos, no es el Hijo de Dios ni es el Hijo del Hombre: es el Hijo de una Paloma. O más exactamente dicho: el Hijo de la Sombra de una Paloma que Pasó. Todo con mayúscula porque se me declaró la mayusculitis y voy a poner con mayúscula todos los sustantivos para inflarlos y reventarlos, y los adjetivos y los artículos y los pronombres y los verbos y los adverbios y las conjunciones y las interjecciones y las maldiciones y hasta a misiá hijueputa que si se me atraviesa la mato. Todo en mayúscula, como antes del siglo IV o por ái cuando los funcionarios del Imperio Romano inventaron las minúsculas. Y así iré adelante volviendo atrás y avanzaré retrocediendo y sobre la efigie de mi Casablanca hermosa pondré en mi escudo, bordada en oro, mi divisa: «La revolución inmóvil»: la del PRI, la de México, la de la mordida, motor del mundo.

—¿Sigue en las cuentas?

—No: garrapateando ideas. Tratando de estructurar un cuerpo de doctrina sólido que le pueda dejar a la humanidad de herencia.

—Su legado.

—«Legado» no: «herencia». La palabra «legado» la detesto. Me da arcadas, asco, náuseas.

—¡Ay, perdón, nuestra intención no fue ofender!

—¡Si no me ofenden! Es que el «legado» se lo contagiaron a ustedes, niñas, los mismos que les contagian la peste: los bípedos que excretan sentados pero que caminan parados: en dos patas con de a cinco dedos, feas, feos. Avanzan la una un poco, avanzan la otra otro poco, y ahí van por la superficie del globo como hormigas sobre un mapamundi. La fuerza de gravedad los retiene. Que si no... ¡No inventar yo una antifuerza que suprima la otra y los lance al espacio intergaláctico donde se los trague un agujero negro como los de Stephen Hawking!

—¡Pobrecito! Tiene paralizado el cuerpo.

—Y el cerebro. Uno de sus agujeros negros se lo chupó.

—Y usted a quién quiere más: ¿a nosotras, o a los perros?

—Ay, niñas, por Dios, no me pongan en bretes de ésos que soy un hombre viejo, débil, inmunosuprimido. Las defensas se me acabaron, ¡y la fe cuánto hace!

—Bueno, no conteste si no quiere, que tampoco es obligación.

—Sí quiero. Los quiero a ellos y las quiero a ustedes. A cada quién según su desdicha.

—Ah...

—Las patas las llaman pies. O «pieses», que es lo correcto según el expresidente de México Miguel de la Madrid Hurtado (hurtado de segundo apellido pero en realidad hurtón).

—¡Jua, jua, jua, jua!

—Y se las tienen que lavar a diario o huelen mal, y si no se las secan bien les dan hongos.

—¡Jua, jua, jua, jua, jua!

Y se desternillaban de risa mis muchachitas. Había encontrado el talón de Aquiles para rebajarle la soberbia al *Homo mendax,* el bípedo mentiroso, el Rey de la Creación. Engendrados en secreciones vaginales pantanosas, son feos desde la coronilla hasta las patas. Pelos superfluos les salen por todo el cuerpo: bajo los brazos, en las fosas nasales, en los agujeros negros de Stephen Hawking...

—¡Jua, jua, jua, jua, jua, jua!

—¿Pensamientos intrusos?

—De vez en cuando, doctor, pero los desecho. Muevo la cabeza de derecha a izquierda y de izquierda a derecha, así, con fuerza, y ¡pssss!, se van. Salen como humo.

Como no conozco la ciudad ni tengo carro ni manejo, contraté un chofer de taxi permanente, que me lleve y que me traiga.

—Condiciones: no prenda el radio ni hable. Mudo. Como Belinda en su jardín. En cuanto a la paga: el doble.

Que sí. Que él por menos se tragaba la lengua.

Y aquí voy con mi mudo por entre el carrerío y los enjambres de motos desquitándole a la Muerte entre frenazos, peatones que saltan, cláxones histéricos, hijueputazos... En un recorrido de veinte cuadras, cinco hijueputazos al pobre mudo.

—No responda, que usted no tiene lengua. Si nos matan en un choque, fue la voluntad de Dios. Pero si nos decapitan con un machete por insultar, fue la nuestra. Y a propósito: ¿trae arma?

Con la cabeza contestó que no.

—Con mayor razón. El que no traiga arma aquí, que no insulte. Y el que la traiga, ¡que la use! ¡O para qué va a cargar usted un revólver! ¿Para que le estorbe en la bragueta?

Cargar arma para no usarla es como las tetas de los hombres, que no dan ni agua.

Y seguimos. Rrrrrrrrr. Acelera, desacelera, lo rebasan, rebasa, saltan peatones, hijueputean... No bien acabe a Casablanca y me instale, me voy a la Cuarta Brigada, hablo con el comandante y le encargo un revólver.

—Un revólver no, un *Sturmgewehr,* un rifle de asalto. Un revólver sólo da para seis. Seis ni quitan ni ponen.

—Déjenme pensar, niñas, a ver. ¿Y sí habrá aquí de eso?

—Si no hay, lo pide por Amazon. Y que se lo manden con carga. Para doscientos. Con eso le alcanza para medio Congreso de la República. Se va a Bogotá y fumiga.

Bueno, aquí vamos en el taxi, en absoluto silencio interior aunque afuera sea el pandemónium. Andamos ahora en lo de los inodoros («ahora» es desde hace una semana).

—Van a ser dos, señorita. Pero que no ahorren agua.

—¿Con espejo de agua?

—¿Para qué quiero espejo de agua si no me voy a mirar?

—¿Éste?

—Déjeme calibrarlo.

Saco el metro que traigo y mido: treinta y dos centímetros.

—No. Muy bajito.

—¿Y éste?

Saco el metro que traigo y mido: treinta centímetros.

—No. Está todavía más bajito.

—¿Y éste?

Saco el metro que traigo y mido: treinta y un centímetros.

—Éste está más altico pero más bajito. No. No me sirven. No los quiero. Ni el uno ni el otro ni el otro.

—¿De cuántos centímetros los quiere pues?

—De treinta y seis.

—¡Ah!, de treinta y seis no hay.

43

—¡Cómo no va a haber si yo soy de aquí! Aquí nací, aquí me crié y de aquí me van a sacar muerto.

—¡Ah, ya entendí! Usted lo que quiere es un inodoro de los de antes: viejo.

—De los de antes sí, pero viejo no: nuevo.

—No hay.

—Muy surtiditos, ¿eh? Tienen de todo. Felicitaciones.

Y ¡pum! Me voy dando un portazo imaginario.

Pregunta: ¿Qué es un espejo de agua? Respuesta: El último invento de estos hijueputas. Pregunta: ¿Y usted no puede hablar sin la palabra «hijueputa»? Respuesta: No.

Me lleva el mudo ahora a Carrefour. Entro a Carrefour, subo, bajo, busco, doy un traspié al final de una escalera eléctrica, me voy de bruces, me levantan...

—¿Está vivo?

—Sí.

—¿Puede caminar?

—Por lo visto sí: camino.

Y caminando por fin encuentro los inodoros: todos bajitos.

—Señorita, ¿por qué les dio por hacer los inodoros tan bajitos?

—Es que son ahorradores de agua.

—¿Ahorradores de agua en un país donde en el solo departamento del Chocó llueve para llenar en un día el océano Atlántico?

—Es que también son ahorradores de espacio.

—¿Ahorradores de espacio en un país que tiene un millón de kilómetros cuadrados, el doble de España y el doble de Francia?

—Es que lo que ahorran es espacio vertical. Hacia arriba.

—¿Ahorradores de espacio vertical hacia arriba teniendo aquí todo el cielo de Dios encima de nosotros?

Lo que pasa es que por ahorrarse una hilera de ladrillos los constructores de apartamentos los hacen más bajitos. Con el hacinamiento planetario a eso habíamos llegado. Y maldecía de Wojtyla, el polaco, el papa que nos hacinó. «¿De qué vagina podrida saliste, alimaña?» Maldecía, claro, *in mente,* sin articular palabra. Un «pensamiento intruso», como los llama mi psicoanalista colombiano el doctor Londoño, uno de los últimos que quedan porque con la revolución sexual que se desató desde Nueva York ya nadie los necesita: son como el cóndor de los Andes o los inodoros despilfarradores de agua: una especie en extinción. ¡Londoño! ¡A quién se le ocurre llamarse Londoño! La cura de almas le queda muy fundillona a uno con semejante apellido. Todo lo que tenga eñe en español es feo: roña, caño, coño… Y de eñe en eñe llegué a Carmiña Gallo, la única soprano de ópera que ha dado Colombia, y a quien conocí y que ya murió. ¡Carajo! Se me ha olvidado anotarla en mi libreta. La voy a poner llegando. En la ge de gallo. Un rayito de sol me dio entonces en la cara y me sonrió.

¡Ah, cómo extraño a mi psicoanalista de México el doctor Flores Tapia! Con él nunca necesité de psiquiatra. Estudió en Viena (la ciudad de Freud), en cuya Universidad se graduó *(summa cum laude)* y donde empezó a ejercer la profesión (con éxito), pero de la que se tuvo que marchar (cuando el *Anschluss*) porque Hitler se la sentenció. Y andando andando terminó en México (en el barrio de Polanco), donde montó un consultorio con confesonario (en vez de diván), desde el que atendía (sin que lo vieran) a una clientela de judías ricas y de homosexuales recalcitrantes que no se querían curar. Dejó al morir una fortuna (que no sé a quién fue a dar), más una tesis (publicada en Viena) sobre la sexualidad infantil («Das Sexualleben des Kindes») y unas Memorias (inéditas), de las que me leyó algún capítulo.

La tesis, como su nombre lo indica, trata de la sexualidad del niño: puras suciedades. Y es que el hombre desde su más tierna infancia es una bestia de lujuria, cosa que entrevió el cocainómano Freud pero que no desarrolló a cabalidad, con lo cual habría explicado perfectamente la pederastia, que tan difundida y delirante está ahora. El niño de pocos años no sólo es un animalito puerco y berrinchudo sino todo un padre Marcial Maciel desatado, un francotirador que le dispara a cuanto se mueve empezando por su propia madre. En cuanto a las Memorias, tienen unas páginas geniales sobre las «manías» o «desviaciones», que según Flores Tapia no existen, son puros cuentos, ¡más existe Dios! El *cunnilingus*, la *fellatio*, el *coitus inter mammas* o *per angostam viam* o por donde sea, etcétera, no son aberraciones ni anomalías como creía la antigua sexología estúpida de Havelock Ellis y Von Krafft-Ebing y Wilhelm Stekel, no: son los condimentos de la sopa. Hitler, claro, lo quería matar. Hitler era un reprimido sexual. Por eso la Segunda Guerra. En la sexualidad, *mein Führer*, no hay regla, todos somos excepciones: usted, yo, Churchill, el padre Marcial Maciel, Santa Teresa, la Madre Teresa, Escrivá de Balaguer... Todos somos «singularidades cósmicas», como diría Stephen Hawking. Ni existe la aberración sexual, ni existe la enfermedad mental. Punto.

¿Y para qué un confesonario en vez del diván? Hombre, por dos razones. Una, para evitar el fenómeno de la transferencia, o sea que los pacientes convirtieran al analista en el amor de sus vidas y en su objeto sexual (por ello el doctor Flores Tapia atendió siempre desde la oscuridad, y quitándome a mí nadie nunca lo vio). Y dos, para poderse ir de juerga a Acapulco con sus pisculinos: dejaba en el interior del confesonario una grabadora prendida, que de tanto en tanto decía: «¿Y qué más?». «Ah...» «Sí...» «¡Claro!» «Interesantísimo.» «Sígame contando.» Y el paciente seguía contando. El psicoanalista está para escuchar, y el paciente para hablar. El psicoanalista escucha y cobra, escucha y cobra, escucha y cobra. Y el paciente habla y paga, habla y paga, habla y paga. El doctor Flores Tapia era genial hasta en su segundo apellido: Tapia. Ya lo anoté en mi Libreta de los Muertos, en la efe: Flores Tapia Arnaldo. ¡Cómo lo extraño!

¡Shhhhh! Nos pasa una moto zumbando y le gritan a mi chofer:

—¡Hijueputa!

Me pongo el índice derecho en la boca como el Ángel del Silencio que nos recibe a la entrada de los cementerios y le digo al hijueputeado:

—Ni una palabra. Como Belinda en su jardín...

Bueno, sigamos. Sigo en mi taxi con el pobre mudo hijueputeado buscando los inodoros y llegamos a Makro. Inmensa. Aquí hay de todo. Aquí tiene que haber.

—Señorita —le pregunto a la tetoncita que me atiende—: ¿para qué son estos dos botoncitos del tanque de agua de este inodoro?

—Para vaciarlo. Son los botones de descarga. El de la izquierda es para líquidos y el de la derecha es para sólidos. El de la izquierda le gasta a usted seis litros; y el de la derecha ocho. Por eso son ahorradores de agua. El cliente los usa según sus necesidades.

—Y si las necesidades son mayores y acuosas, ¿cuál hunde el cliente, señorita? ¿El de la derecha? ¿O el de la izquierda?

—Ah... Pues hunde los dos.

—Entonces no son ahorradores de agua.

Y ¡tas! Le tiro una puerta imaginaria en el hocico.

Los de Makro, los de Home Center y los de Carrefour son unos pícaros sin fronteras, unas sabandijas transnacionales. Les voy a expropiar por decreto lo que tengan en Colom-

47

bia y de paso a la Iglesia las iglesias para darles techo a los indigentes, no les vaya a dar por cagarse en mi antejardín. ¿Dios no se ocupa de ellos? Me ocupo yo. Curas no pienso fusilar. Pastores protestantes, o «evangélicos» como les dicen, sí: ni uno va a quedar. Todos al fusiladero, que es como se va a llamar mi paredón para distinguirlo de la infamia que montaron los Castro en Cuba. Ejecútese, cúmplase y no discútase.

Los principales vendedores de inodoros de Medellín (además de las tres transnacionales que hay que expropiar) son: Depósito de los Jaramillo en el barrio de Belén. Univentas en la Autopista Sur frente a Itagüí. Bazar Americano en el barrio de San Benito. Bazares del Puente por encima de la Avenida Oriental donde también, pero ahora en la avenida misma, contamos con los recicladores de inodoros viejos. Y no muy lejos de allí, por la Plaza Minorista que es la que está en la Avenida del Ferrocarril cerca a Fatelares, la textilera de la que mi papá era subgerente cuando yo nací, más: más inodoros viejos. Etcétera, etcétera, etcétera. Ahí tiene para escoger. Y no encontrar.

Las viejas vías de doble sentido ya son simples. Las que iban al Sur, ahora van al Norte. Las avenidas preferenciales acabaron con la hegemonía de las carreras, que privaban sobre las calles. Ahora la jerarquía va así: avenida, carrera, calle, papa, arzobispo, obispo. Si usted toma mal el ingreso a una glorieta o los carriles de un puente, para remediar su error tiene que darle la vuelta a Medellín: un día. El que entró en una glorieta lleva la vía respecto al que está entrando; pero hay glorietas «virtuales», que como su nombre lo indica no se ven. Así que si usted se choca en una glorieta virtual, donde confluyen cinco o más calles, jódase: no le resuelven el pleito ni en la Corte Celestial. El barrio de Guayaquil, que ocupaba manzanas y manzanas de cantinas y hoteluchos y burdeles lo tumbaron, lo desaparecieron con sus cuchilleros y sus putas y sus vendedores ambulantes, y en su lugar construyeron El Hueco, que empezó en los predios de dos manzanas con localitos de productos de contrabando y que hoy ocupa lo que antes era el barrio entero de Guayaquil y que está lleno de vendedores, putas y cuchilleros. Digamos pues que hoy Guayaquil es El Hueco. Todo cambia tanto que vuelve a estar igual. Cosa que me reconforta.

La Alpujarra la construyeron donde estaban los hangares del Ferrocarril de Antioquia, del que sólo existe la palabra «Antioquia» porque el ferrocarril se lo robaron con todo y rieles: desmantelaron la vía entera que se tragó a tres generaciones. Y en San Juan con la Carrera 65, donde se alzaba la segunda textilera del país, Tejicondor, hoy está Home Center, que es una de las tres que dije que voy a expropiar. Telas hoy Colombia no fabrica, ni produce café. Nada me asombrará que amanezca mañana con la noticia de que estamos importando coca.

En un descuido de la señorita de Univentas y cuando había pocos clientes, me senté en diez inodoros a ver si pasaban la prueba: «Éste no, éste tampoco, éste tampoco». Estaba en eso, sentado a ras del suelo tratando de pararme del décimo de esos adefesios, cuando sonó una alarma electrizante, terrorífica (un corrientazo en la médula espinal que me desafinó los dientes). «¿Qué pasó? ¿Qué pasó?» «¡A salir! ¡A salir que pusieron una bomba! ¡Todos afuera!» Y ahí voy en medio de la estampida. ¡Qué bomba ni qué bomba! Era un simulacro de evacuación: las autoridades preparando a la población para el caso de una bomba. ¿Y por qué no la preparan más bien para cruzar la Avenida Nutibara que no tiene semáforos?

—Señorita: voy a demandar a Univentas. En la evacuación de la falsa alarma casi me matan. Muy surtidos, ¿eh? Los felicito. En esta megalópolis ustedes son los Reyes del Inodoro.

Y ¡tas! Mi buen portazo de despedida a la tetona.

De Univentas pasamos a Pisende, que queda por la Universidad de Antioquia, cerca a unos fumaderos de basuco, verdadera antesala del infierno. Nada. Ahí tampoco. «Pisende» trae un mensaje subliminal. Viene del onomatopéyico infantil «pis» más el sufijo «ende», que da la idea de la terminación de gerundio «ando», como en «montando», «tirando», «pichando». Bueno, digo yo. Si usted tiene una etimología mejor, mándela a la Academia.

De Pisende pasamos a Mallorca, un centro comercial nuevo, inmenso, moderno. Nada. Ni inodoros tienen. Saliendo de Mallorca nos perdimos.

—¿Dónde estamos? —le preguntó el mudo a un transeúnte haciendo uso indebido de la palabra.

Que en la Avenida Las Vegas, en el cruce con la Regional.

—¿Para dónde tomo?

Que «Para allá». Pero no era «para allá»: era «para acá». Y nos metimos en un embotellamiento o «taco» que ni de misiá hijueputa. Contraviniendo las cláusulas de nuestro contrato, el mudo, desesperado, empezó a hablar. Paraba aquí y preguntaba. Paraba allá y preguntaba. A mí, si les digo la verdad, me da igual para acá que para allá, que me lleven o que me traigan. Lo que sí entendí muy claramente era dónde estaba. ¡En el corazón del caos!

Y perdidos, saliendo de un laberinto fuimos a dar a otro: a un barrio hacinado, embotellado, de edificios feos, asfixiantes, vulgares. Atestadas de carros y de motos sus estrechas calles, era imposible avanzar un palmo por ellas. ¿Y esto qué era, por Dios? ¿Dónde nos habíamos metido? El sitio se me hacía conocido, alguna vez estuve allí. ¿Pero qué sería? ¿Sabaneta? No, por Dios, imposible que esto sea Sabaneta. ¿O sí? ¿Sería acaso Sabaneta?

—Sin el «acaso» ni el «sería», señor: es Sabaneta.

¡No podía ser!

—¡Claro que puede ser! Todo aquí puede ser. La realidad aquí da de sí, cede, se estira, se ancha, se aplana. Por buscar unos inodoros extravagantes cuando nadie lo mandaba, se acaba de despeñar usted por una rajadura del Tiempo. Pregúntele a su mudo si es o no Sabaneta.

A cuatro kilómetros de Sabaneta, viniendo de Medellín y Envigado, quedaba la finca de mi niñez y de mis abuelos, Santa Anita, la de mi felicidad inconmensurable.

—Exacto: quedaba. Ya no más. Todo pasa, todo lo tumban, nada queda. Y si la felicidad dura mucho, aburre.

Sabaneta era un pueblo hermoso.

—Exacto: era.

Y hoy es un barrio infame.

—Exacto: es. Es el destino de los pueblos que circundan a las grandes ciudades: convertirse en barrios. Y así, además de su Envigado y su Sabaneta, tenemos a... A ver, recuerde, haga memoria, cierre los ojos para que vea y rece conmigo el rosario de los pueblos. ¿Cuáles eran?

Además de Envigado y de Sabaneta los pueblos eran: Itagüí, Caldas, La Estrella, San Antonio, Bello, Copacabana, Girardota...

—Exacto: eran. Medellín se tragó a sus pueblos y se los acaba de vomitar a usted en barrios.

Barrios feos, vulgares, mafiosos. Daban ganas de llorar.

—Si tiene ganas de llorar, llore que eso no cuesta. Aunque después quién sabe. Y váyase preparando porque el aire también lo va a tener que pagar: a las Empresas Públicas. El recibo se lo van a echar por debajo de la puerta, como el del predial, el de la luz, el del agua, el de la basura, viva o no viva, tire o no tire, gaste o no gaste. Por debajo de la puerta de su Casablanca hermosa irán entrando como culebras venenosas. Mes con mes, año con año. ¡O qué! ¿Cree que va a seguir respirando gratis? No, no se puede. Aquí sólo los pobres van a poder respirar gratis, con aire subvencionado. Usted no. Usted tiene casa. Usted paga. Así que aproveche. Respire hondo, trague aire.

¡Hijueputa Wojtyla!

—Y no hijueputee más a ese viejo, que está muerto. A ver cómo sale ahora del embrollo en que se metió. Pregunte a ver.

—¿Por dónde salimos a Medellín, señora?

—A Medellín hoy no hay salida. Tal vez mañana.

¡Qué pesimismo el de esta vieja! En dos horitas salimos del endemoniado taco y tomamos la vieja carretera a Envigado, la que pasaba por Santa Anita.

—«Pasaba» está muy bien, pues si bien su Santa Anita ya no está, la tumbaron, la carretera sigue. El tiempo del verbo que usó es el correcto. Felicitaciones. ¡Qué bien habla el español! ¿Dónde lo aprendió?

Nada quedaba de la carretera de antes, ni una sola finca, ni una sola casa.

—Si nada quedaba, ¿cómo reconoció la carretera?

Por la fachada de Bombay, la cantina, que sí estaba, aunque muy deteriorada. Por ella reconocí la carretera.

—Si está Bombay, algo queda. No haga afirmaciones rotundas, que la realidad es matizada. Ni los buenos son tan buenos, ni los malos son tan malos. A lo mejor ni su mamá es su mamá. O sea, quiero decir, fue. ¿Porque también murió? ¿O no?

¡Claro que murió! Ya la puse en la libreta. Sin una lágrima.

—Alguna habrá derramado por la pobre santa.

Una pues, para darle gusto, pero fue más por mí que por ella. Uno no llora por los muertos: llora por uno mismo. Los muertos ya no están. Yo soy el que sigo aquí, anotando, inventariando.

A la vera de Bombay, en el camino, un viejo nos hizo señas de que paráramos.

—¿Van para Envigado? —preguntó.

—Vamos para Medellín, pasando por Envigado —contesté.

Que si lo podíamos llevar. Que estaba ahí frente a Bombay parado desde hacía horas esperando a que pasara algún camión de escalera y nada. Ya nadie sabe qué son los camiones de escalera. Yo sí, por supuesto. Lo que no tengo ahora es ganas de explicar.

Y claro que lo podíamos llevar. Una obra de caridad se la hago yo a cualquiera. Máxime a un viejo desamparado.

Después de la cantina Bombay la carretera empezó a no llevar a ninguna parte. No habían dejado un solo punto más de referencia.

—Señor —le pregunté a nuestro nuevo compañero de embotellamiento o viaje—, ¿sabe a qué altura de la carretera vamos?

No contestó. Era sordo.

—Ponga el localizador satelital entonces —le pedí a mi chofer.

—Finca de Carlos Vélez —dijo el localizador satelital.

¿Dónde está que no la veo? Sólo veo edificios.

—Finca San Rafael.

¿Dónde está que no la veo? Estoy viendo más edificios.

—Finca de las Brujas.

¿Dónde está que no la veo? Veo más edificios.

—Casa de los Mejías.

¿Dónde está que no la veo? Sólo edificios.

—Finca de las Hermanas de la Presentación.

¿Dónde está que no la veo? Sólo edificios.

—Finca de Avelino Peña.

¿Dónde está que no la veo? Sólo edificios.

—Finca de Santa Anita.

El corazón me dio un vuelco y le dije al chofer que parara. Paró y me bajé del taxi. Santa Anita no estaba, por supuesto, ya sabía que la habían tumbado. Entonces descubrí algo que se salía de la infame realidad: dos metros del muro de piedra que contenía el altico en que se alzaba la casa y que daba a la carretera. Dos metros a lo sumo, de piedras, perdidos en el lodazal del Tiempo.

—Señor —le dije a mi chofer volviendo al taxi—, lo engañaron con ese localizador satelital: no es espacial: es temporal. Cuando me deje en Casablanca, vaya a que se lo cambien por uno que sirva. ¡Para qué quiere usted un localizador de vejeces!

Al subir al carro advertí que el viejo estaba llorando.

—¿Por qué llora? —le pregunté.

—Porque me tumbaron la finca —contestó.

—¿Cuál finca?

—Santa Anita. La mía. La más hermosa.

—No me diga que usted es el dueño de Santa Anita.

—Yo soy —contestó orgulloso—. Leonidas Rendón Gómez, a su mandar.

Y me dio la mano quitándose el sombrero.

—Señor: en una Libreta de los Muertos que llevo para anotar a los que se me van yendo tengo ese nombre: Leonidas Rendón Gómez. En la ere. Murió viejísimo, como de setenta años. Se vestía de traje oscuro como usted. Desde que lo conocí (siendo yo un niño) estaba calvo como usted y medio sordo como usted. Era mi abuelo.

No me oyó. Bajó del carro y se despidió con una inclinación de cabeza. Y mientras se alejaba se iba poniendo el sombrero.

Abultada con hule espuma o con cascos de pelota, con dos globos inflados arriba en la proa y dos globos inflados abajo en la popa, si uno tira una prepago al Cauca, flota. Se pagan con tarjeta de crédito por adelantado y su hábitat natural es el Parque Lleras de El Poblado, otro de esos pueblos que se tragó Medellín y los convirtió en barrios. Hoy Medellín, antigua ciudad textil y luego sede del famoso cártel que llevó su nombre, se ha convertido en la capital mundial de las prepago. Un noruego supo de ella por ellas, buscando lo que no se le perdió en Internet. «¡Es lo que quiero! —se dijo el noruego en noruego sintiendo el llamado de la selva—. Me voy de estos putos fiordos fríos, no los aguanto más. ¡Pero ya!». Y «ya» fue ya. Tomó en Oslo un avión a París, donde tomó otro avión a Madrid, donde tomó otro avión a Bogotá, donde tomó otro avión a Medellín, donde aterrizó en el aeropuerto internacional José María Córdova, donde tomó un taxi que lo llevó como un bólido al Parque Lleras que hervía en plena rumba en plena noche encendido de lujuria y vicio. Y que empieza a ver prepagos: una, otra, otra, otra. Hagan de cuenta un cazador en las planicies de África viendo gacelas. «¡Me voy a enloquecer!», se decía el noruego trastornado. No cabía en sí de gozo, había llegado a Shangri-La. Lo emborracharon, lo enmarihuanaron, lo encocainaron, lo llevaron, lo trajeron, lo subieron, lo bajaron (que en Shangri-La también significa «atracar», pero no, no lo atracaron).

Y enmarihuanado, encocainado y borracho, la prepago que se consiguió se lo llevó a un hotelito de las inmediaciones del Parque Lleras, feíto pero muy ad hoc: con equipo de sonido y todo. A oscuras lo acostó en la cama la prepago, lo desvistió, se desvistió, prendió la lámpara de la mesita de noche y puso en el equipo de sonido una cumbia. Y sobre el tapetico del cuarto, iluminada desde abajo como Drácula por la luz de la lámpara, empezó a bailarle al noruego desnuda la cumbia de la vela, pero sin vela. Los desorbitados ojos del noruego vieron entonces el siguiente fenómeno extrasensorial: al pasar por los silicones de los senos falsos de la prepago la luz de la lámpara se enloquecía, y desquiciada, demente, loca, se ponía a bailarle a su vez, en el cielorraso de cartón blanco, la Danza de la Locura. El noruego se enloqueció. Del hotelito lo sacaron sedado para el aeropuerto internacional José María Córdova, del aeropuerto para Bogotá, de Bogotá para Madrid, de Madrid para París y de París para Oslo, donde aterrizó pero sin aterrizar: loco. Menos mal que no le dieron en el coctel de bienvenida escopolamina, que si no, lo habrían dejado como los muertos vivos de Haití, vuelto un zombi. Cuando usted venga a Medellín y quiera ir al Parque Lleras, me busca que yo lo llevo, yo lo cuido, yo lo traigo, yo respondo.

—¿Y los pisculinos? ¿Qué son?

—Unas *delicatessen:* pececillos de catorce, de doce, de diez. No de menos pero tampoco de más porque más es mucho. Al Porsche del doctor Flores Tapia le llovían como clavitos a un imán.

—Entonces su doctor Flores Tapia era un pederasta...

—Va a ver que no: diez pisculinos multiplicados por doce en promedio da ciento veinte años. ¡El doctor Flores Tapia era un gerontófilo!

Y con sus ciento veinte años acomodados unos sobre otros, empaquetados en su raudo Porsche, se iba el exhausto psiquiatra de esparcimiento sano a Acapulco, al mar. Al mar «que todo lo abarca y lo procesa», como dijo el poeta. «Ah...» «Sí...» «¡Claro!» «Interesantísimo.» «¿Y qué más?» «Sígame contando», seguía diciendo en el ínterin en el confesonario, como una lora, la grabadora. Yo, que de paciente ascendí a asistente y a veces hasta a reemplazarlo, por la mañana reenrollaba la grabadora y acomodaba a nuestras judías ricas en el borrapecados.

El niño es sucio de cuerpo y alma. Plagiario e imitador nato y corruptor de mayores, la suciedad está en su naturaleza perversa. «Culicagados» los llaman en Colombia. La Ley, que es tartufa como papa y como papa alcahueta y puta, frente a ellos se hace la desentendida. Arnaldo, que por el contrario era un alma caritativa, se los llevaba a Acapulco al mar a bañarlos. Del mar los sacaba limpiecitos y salados, les exprimía limón, y ¡listo!, uno por uno, huesito por huesito, con la calma de mi tía abuela Elenita tejiendo su interminable colcha de croché que era su razón de vivir, se los iba degustando. De diez pisculinos quedaba en la playa de la Condesa un montoncito de huesos pelados, ruñidos, limpios. Venía entonces el mar con sus olas y se llevaba el montoncito. ¡Le borraba a Flores Tapia su pasado criminal! En el patio de la hiena le voy a instalar a Casablanca una grabación de olas en un *loop* como el del confesonario, y en el del niñito *La Mer* de Debussy. A mí el mar me tranquiliza y Debussy me sosiega. Tchaikovsky no, Rachmaninoff no, Prokofiev no, Stravinsky no, Haendel no, Fauré no, Ravel no, los odio, me exasperan, me irritan, me exacerban, y a Puccini o vómito del *bel canto* lo detesto. Música es la que me gusta a mí y el resto es ruido.

Y mi reforma ortográfica, señorías, que en esencia es la que propuso en el Siglo de Oro Gonzalo Correas (quien escribía «Korreas») pero acomodada a la realidad actual del idioma, la de que los hispanoamericanos hoy por hoy somos sus dueños, va así: «Casa» con ka de «kilo»: «kasa». «Queso» con ka de «kilo» y sin *u*: «keso». «Aquí» con ka de «kilo» y sin *u* ni tilde: «aki». «Cielo» con ese de «suelo»: «sielo». «Zapato» con ese de «suelo»: «sapato». «General» con jota de «joder»: «jeneral». «Guerra» con ge de «ganas» pero sin *u*: «gerra». «Güevón» con *u* sin diéresis ni tilde: «guevon». «Burro» con be de burro: «burro». «Vaca» con be de burro: «baca». «Hijueputa» sin hache: «ijueputa». Nuestras tres letras dobles con sonido sencillo, que son la che, la elle y la erre, se escribirán respectivamente s̲, l̲ y r̲. Y así tenemos: «Chapa»: «s̲apa», con ese africada postalveolar sorda y sin hache. «Caro»: «karo» (como para decir que las prepago están muy «caras») con ka y ere suave. «Carro» (como para decir que las prepago quieren carro): «kar̲o», con ka y erre dura. «Río» se escribirá «r̲ío», con erre dura. «Cigarro» se escribirá «sigar̲o», con ese y erre dura. «Loco» se escribirá «loco», con ele normal. «Llama» se escribirá «l̲ama», con ele rara. «Calle» se escribirá «kal̲e», con ka y ele rara. «Yegua» se escribirá «l̲egua», con ele rara. La ye de «el hombre y la mujer» irá con *i* latina: «el hombre i la mujer». «Wagneriano» se escribirá «bagneriano». «Examen» se escribirá «ecsamen». Se suprimen pues, señorías, la ce, la hache, la cu, la ve, la ve doble, la equis, la ye, la zeta, las tildes y la diéresis, a Dios se le quita la mayúscula y se les pone a tres letras viejas tres rayitas como la de la eñe, pero abajo en vez de superpuestas. Ahora, que si en vez de las tres letras con las rayitas ustedes prefieren signos nuevos, adelante, a dibujarlos, señorías, soy todo ojos y oídos. *Voilà tout*. Verán como desbancamos al inglés. Y no me explayo, señorías, porque me voy corriendo a Casablanca a ver qué desastre me hicieron.

—Un momento, no se vaya, una pregunta...

—¿Qué duda hay?

—¿Y España, donde pronunciamos «zielo» y «zapato», qué?

—¡Que se joda España!

—¿Y Gonzalo Korreas, que escribía «Gonzalo» con zeta?

—¡Que se joda Gonsalo Korreas!

Y punto, carpetazo. El español acaba de perder la zeta y de ganarme a mí. Vuelta pues atrás a los fenicios y a los griegos, a un signo por cada sonido. Donde nosotros tenemos la *c*, la *k* y la *q* con *u* los griegos sólo tenían la kappa. Y donde nosotros tenemos la *b* y la *v*, los griegos sólo tenían la beta. Y como fue volverá a ser en cumplimiento de la revolución inmóvil priista que guiará en adelante al mundo. Ortografía fonética sin resabios etimológicos, señorías. A este idioma le sobran ocho letras y al hombre dos tetas.

Por andar en gramatiquerías, donde me tenían que poner una puerta me pusieron una ventana.

—¿Y por dónde voy a entrar? ¿No ven que les quedó el cuarto sin puerta?

—Por eso le pusimos, don, seis escalones a la ventana: tres afuera y tres adentro. Usted entra subiendo y después bajando sin tener que horquetearse como a caballo. Y para salir igual: sube y baja.

—¡Mexicanos! ¡Marcianos! Me hicieron una barraganada del tamaño de las de Luis Barragán. Yo no quiero casa de arquitecto. Quiero una casa humana, sencilla, alegre, con el Corazón de Jesús entronizado en la sala y donde cantarán las fuentes y por donde correrá el viento como un culicagadito suelto a su antojo de suerte que quien la habite, yo, no tenga que salir a la calle a ver chusma puerca ni me quiera morir.

—¿Y el arquitecto no le supervisa la obra?

—¡Cuál, si lo eché!

—¿Y el calculista?

—También lo eché.

—¿Y el interventor y el maestro de obras?

—También los eché.

—Lo van a demandar.

—Que me demanden.

Que me demanden que yo soy nieto de mi abuelo, de Leonidas Rendón Gómez que vivió pleiteando y murió pleiteando, entre demandas y contrademandas y apelaciones, en papel sellado y con estampillas. Iban y venían sus memoriales de Santa Anita al Juzgado, del Juzgado al Tribunal y del Tribunal a la Corte como subía y bajaba por el río Magdalena, entre Barrancabermeja donde tenía un almacén de zapatos y Aracataca donde tenía un casino, su lancha *Policarpa Salavarrieta* cargada de mercancías. La lancha se la hundió un barco de la Standard Oil y el casino se lo cerró el gobierno. A la Standard Oil la demandó y ante el gobierno apeló. ¡Qué digo apeló! Lo demandó también, por atropellador.

—Abuelito, demandar al Estado colombiano es como escupir al cielo.

No oyó, no oía. Se hacía matar por la Justicia, no toleraba la Justicia adversa.

Y fue el ir y venir de los memoriales, un río de tinta torrentoso. Desde que esta lengua hermosa empezó a alentar en Santo Domingo de Silos y en San Millán de la Cogolla entre monjes, hasta hoy en que se putió entre hijueputas, no hay literatura castellana más hermosa que un memorial o un sumario. Y si esto es así (y claro que lo es, ¿o si no por qué lo digo?) mi abuelo es uno de los grandes escritores de este idioma. Además fue un santo. No robó, no engañó, no mintió, no pecó. Jamás salió de sus labios una fea palabra. En este instante mismo lo canonizo: san Leonidas Rendón Gómez, el santo de los leguleyos. Se le reza el 24 de diciembre para que compita con el Niño Dios. Abuelito: cuando termine a Casablanca te voy a invitar con la abuela a la entronización del Corazón de Jesús. Va a haber galletas Sultana con vino de consagrar marca Real Tesoro. Y voy a invitar también a tus vecinos de Santa Anita don Avelino Peña y don Alfonso Mejía, que era como vos, bienhablado, delicado, rezandero, aunque al final perdió la razón y acabó maldiciendo: «¡Adónde vas, puta, con esa barriga inflada! ¿Quién te la metió? ¿Quién te preñó?».

Casaloca tiene en el antejardín un bosque: con un guanábano, un croto, un aguacatillo, un tulipán africano, un azahar de la India, un jazmín de la noche, un guayacán amarillo... Y en las ventanas y en la puerta, rejas, si bien éstas no son su protección como pensaría cualquiera. No. La verdadera protección de Casaloca es el bosque, en el que nadie osa adentrarse mucho por lo que van a ver, o mejor dicho a oler: los desechables lo han convertido en su inodoro. Entran, hacen detrás de los árboles lo que vinieron a hacer, se limpian con sus sagradas hojas, y muy orondos como vinieron se van. Buen resumen, digo yo, del paso del hombre por esta tierra. Si en vez de pasar y marcharse durmieran en el antejardín, otro vals nos cantarían: poco a poco, noche a noche irían limando las rejas hasta poder quitarlas para vender el hierro y luego, en cualquier descuido, poder entrar. ¿Y a qué? Pues a robar. ¿Y qué? Pues los cables de la luz, las tejas del techo, un balde roto, los inodoros... ¿Y en un descuido de quién? De nadie. Casaloca es una casa deshabitada. Nadie sabe de quién es hoy, ni quiénes vivieron en ella, ni de su triste caída tras su magnificente esplendor. Un celador que ronda por la cuadra en bicicleta de día (cuando menos se necesita) y que lo sabe todo del barrio fingiendo cuidarlo (yo digo que es un espía de los paramilitares) de Casaloca no sabe nada. Yo con gusto la compraría para salvarla. ¿Pero a quién? Si por lo menos pusieran un aviso de «Se vende» en la fachada con algún teléfono al cual pudiera llamar...

La casa que colinda con Casaloca por la derecha, la de los Bravo de la fábrica de vidrios Peldar a los que se les suicidó uno de los muchachos, la tumbaron. La casa que colinda con Casaloca por la izquierda, la de Pablo Gómez que se casó con una señora Duperly que secuestraron, también, la tumbaron. La casa que colinda con Casaloca por atrás, la del cura Torres que se gastaba en muchachos las limosnas de la Consolata, también, la tumbaron. La otra casa que colinda con Casaloca por atrás, la de Juan José García al que se le metieron por la noche en un descuido y le mataron a la mujer a varillazos, también, la tumbaron. La casa de Abigaíl, en la esquina de Casaloca, también, la tumbaron. La casa de Juanita Uribe, en la contraesquina donde tomábamos el bus que iba al centro y que una vez estripó a un muchachito, también, la tumbaron. Y en la acera de enfrente la casa contigua a Casablanca por la derecha, la de los Álvarez que se taparon de plata con El Salón Oriental aunque después la perdieron cuando los secuestraron, también, la tumbaron. Y doblando la esquina de Casablanca por la Avenida Nutibara la de los de la Tipografía y Papelería Dugand que yendo para su finquita de Concordia se desbarrancaron y los sacaron del abismo calcinados, también, la tumbaron. Y enseguida de los Dugand la casa donde vivía el muchachito Juan Esteban que estudiaba en el San Juan Eudes y al que una Navidad le estalló un tarro de galletas lleno de pólvora y lo degolló, también, la tumbaron. Y en la Transversal 39 la casa de Joaquín Urrea el de los brasieres Leonisa que se enriqueció levantando tetas, también, la tumbaron. Y la casa bonita de enseguida, la del doctor Arcila, también, la tumbaron. Y la de más enseguida, la de la pianista Clarita Correa que no pudo volver a tocar porque le dio artritis, también, la tumbaron. Y en la Circular 77 la casa de atrás de Casablanca que fue de Pepe Estrada el pionero de los depósitos de chatarra al que le arrastraron a una hija desde una moto cuadra y media dos sicarios por no soltar el bolso y se la dejaron tetrapléjica, también, la tumbaron. Y la casa del kínder de Laureles donde estudió mi hermana Gloria y que regentaban unas monjitas lesbianas, también, la tumbaron. Y enseguida del kínder la de los Acevedos de las Industrias Haceb de neveras y lavadoras a los que les secuestraron a una hija muy bonita que en últimas no les mataron porque la alcanzó a rescatar la policía aunque sin un dedo de una mano, también, la tumbaron. Y la del doctor Rafael Jota Mejía el médico que nos trajo al mundo a todos, a los veinticinco del primero al último, también, la tumbaron. Y la del arquitecto Eduardo Vásquez al que se le suicidó una hija por despecho de un amorcito de su mismo sexo que la engañaba, también, la tumbaron. Y la de los Peláez de la Joyería Dieciocho Kilates que les quemaron unos esmeralderos «para darles una lección», también, la tumbaron. Y en la misma cuadra y en la misma acera de Casaloca en la esquina de la Nutibara con la Circular 76 la «casa de los faroles» de unos mafiosos a los que les mataron por la ventana al hijito de catorce años «para que aprendieran», también, la tumbaron. Y en el cruce de la Nutibara con la Circular 75 del lado de Casaloca la de los Montoya a los que les mataron en el Parque de Laureles a Amparo Cecilia «Ampi» en la confusión de un tiroteo entre mafiosos, también, la tumbaron.

Están tumbando ahora la casa del Cojo Vélez el político donde funcionó la repostería El Portal después de que él se fue de finquero a la Costa donde lo secuestraron y con una motosierra lo degollaron. Es una belleza cómo tumban hoy una casa. Viene la retroexcavadora y con su «pluma», que es un brazo con mano, le hace una caricia a un muro bicentenario y ¡tas!, lo derriba. ¡Tas! Le acaban de dar su caricia a la fachada del Cojo Vélez: se levanta un polvaderón, pasa un tiempecito, se asienta el polvo, ¿y qué ven? Nada. Acaban de borrar del mapa la fachada del Cojo Vélez con todo y casa. Entren a Internet a ver si está. ¡No sale ni en el localizador satelital de Google!

Y casa tumbada, edificio levantado. Laureles, antiguo barrio de casas, hoy es una jungla de edificios. ¡Qué bien vivíamos cuando reinaba la paz! ¡Ah!, y antes que se me olvide: los laureles que le dieron nombre al barrio, los de los troncos gruesos, los de los ramajes espesos, se secaron: la chusma, de tanto mearlos, los secó. Pasan, orinan y se van.

Dios sí existe, y sufre, mas no por nosotros sino por Él, porque no puede descansar de Su Aburrida Esencia. Como no duerme ni se puede morir... Inventó a la Muerte, y no la puede llamar. Inventó el sueño, y no puede dormir. Agobiado de problemas vive en el Insomnio Perpetuo. Porque es calumnia que el séptimo día descansó. Falso. La Biblia miente. ¡Cómo va a descansar uno que tiene bajo su responsabilidad semejante montononón de galaxias! Dios será Malo, pero Haragán no. A su Hijo Cristo lo mandó a la Tierra a redimirnos y se lo mataron. ¡Pero a quién, por Dios, en su sano juicio se le ocurre mandar sin protección a un pobre hippie a los peligros de este mundo! Eso es una irresponsabilidad. Dios manejará muy bien sus galaxias, pero en moral no pasa el examen. ¡Qué Padre más desnaturalizado!

Y eso de que no cambia es cuento chino. ¡Claro que cambia! Antes de la creación del mundo no era un Dios Creador. Después de la creación fue un Dios Creador. ¿Cambió o no cambió? Y antes del año uno tenía un Hijo; después del año 33, ninguno. ¿Cambió, o no cambió? ¿Y que no está sometido a leyes? ¡Claro que está! A la Ley inviolable de la persistencia en la esencia por la cual la piedra quiere seguir siendo piedra, el perro perro, el hombre hombre y Dios Dios. ¿O acaso quiere Dios ser colmillo de elefante? Mal que le pese, por esta ley inescapable el Creador es igual a sus criaturas. Y angustiado por tanto problema ontológico no puede dormir. A ver en qué se va a entretener cuando se harte de nosotros y nos pulverice con un asteroide.

¿En sus cúmulos de galaxias? ¿En sus estrellas de protones? ¿En sus densidades monstruosas? ¿En sus temperaturas monstruosas? ¿Habrá, amigo Stephen Hawking, un agujero negro lo suficientemente denso como para que se trague a Dios? Entonces el Pobre Viejo podrá descansar de Sí Mismo y nosotros de Él y de su Bondad Infinita.

—¿Otra vez contando ovejas?

—Aquí tratando de dormir.

—¿Preparadito para cruzar el negro charco de la noche? Que se quedó hasta sin maestro de obras, ya supimos. Al frente pues del batallón dando solito la batalla. Dígales a sus marcianos que el corredor que le acaban de tapar y encementar y embaldosar se lo desembaldosen, se lo descementen y se lo destapen porque le dejaron dos tubos de la tubería del agua sueltos.

—¿Dónde, por Dios?

—Llegando a la cocina. En unos días va a empezar a flotar otra vez en la laguna. No crea que porque se inundó una vez quedó vacunado contra el agua. Ella vuelve. El agua entra por donde sea. Por el techo, por el suelo, por las rendijas, por los huecos... Y si llueve fuerte y se inunda la calle, se le mete por debajo de la puerta junto con la cuenta del agua. Ser propietario es muy duro. ¿O por qué cree que no tenemos casa? Todo cuesta. Nada es gratis. Toda comodidad se paga.

Unos dueños traen otros dueños, unos años traen otros años, unos daños traen otros daños. Y al que no le guste esto que se mate, que aquí gente es lo que sobra. No me mato yo por dos razones: una, por no darles gusto a los hijueputas. Y dos: porque vivo feliz apuntando muertos en mi libreta.

La red de gas es un conjunto de tubos de cobre que hay que cuidar o se los roban los desechables. Entiérrelos lo más hondo que pueda a ver si no se los localizan. Los circuitos de la luz, los enchufes, apagadores, fusibles, *brakes;* las canoas que desaguan la lluvia; una bacinica desportillada, una teja rota, la ponchera donde bañan al bebé, todo allá es robable. Al canónigo de la catedral, que vive a unos pasos de ella, ¡de la casa de Dios!, los basuqueros del Parque de Bolívar le desmantelaron la suya una noche que la dejó sola. ¡Pero a quién, por Dios, se le ocurre dejar una casa sola en Medellín toda una noche, hay que estar loco! Es como dejar solo a un bebé. Se lo roban con todo y ponchera.

Nueva o vieja, empezada o acabada o en proceso de construcción, toda casa sola corre riesgo. Más si la están construyendo pues los materiales son nuevos y están sueltos. Traen una tractomula o truck, y en una noche cargan con todo. Los martillos, los alicates, las carretillas, los berbiquíes, los taladros, los esmeriles, las escuadras, las espátulas, las pulidoras, las ruteadoras, los mazos, las palas, las prensas, las sierras, las gubias, las fresas, las brocas, los flexómetros, los serruchos, los escoplos, los destornilladores, los azadones... Cuídelos, cuídelos, cuídelos, o se los roban. Y el cemento y los ladrillos y las tejas y la arena y la gravilla... Cuide las herramientas, cuide los materiales, cuídese usted, no dé papaya, abra los ojos, cuídelo todo. Ponga a uno de sus albañiles a cuidar, y otro a cuidar al cuidador. Vaya al DAS e investigue a los cuidadores: que le busquen en los archivos a ver si tienen pasado criminal. Si tienen, los despide; y si no lo tienen, también porque lo pueden adquirir con usted. El corazón puro de hoy mañana se daña. Y si contrata a dos cuidadores, uno para cuidar al otro, se confabulan y lo que le roben se lo reparten por mitades. Lo mejor es que usted mismo, el constructor, cuide sus herramientas que harto le costaron pues ellos no las traen, y asimismo los materiales de la construcción. ¿Que necesitan un martillo? Aquí tienen el martillo. ¿Que necesitan un clavo? Aquí tienen el clavo. ¿Dos ladrillos? Aquí tienen los dos ladrillos. Y ni uno más porque más es tentación al robo continuado. Y apunte o se le olvida. Y la libretica de apuntes, llévela siempre consigo, tráigala siempre a la mano. Que no se la saquen en un descuido que Colombia es Cacolandia. «Fulanito, yo confío en usted», es lo que les tiene que decir, de a uno en uno y por separado, para que se confíen mientras usted los vigila y les pone trampitas, y va a ver que caen. ¿Confiar? ¡En nadie! Al que confía lo tumban. O sea, lo engañan. ¡Me engañan a mí que hablo como ellos! Si se va a meter de constructor, a construir edificio o casa o en reformas, me llama. Yo le digo, yo le cuento, yo lo oriento, yo ya pagué la bisoñada.

—¿Y cuál, según usted, es la causa del desastre?

—Muy sencillo, señorita: la presión demográfica. Que somos siete mil millones y ya no cabemos.

—¿Y la culpa es de quién?

—De Wojtyla, el papa malo. O mejor dicho el peor, la peor alimaña. Le subió tanto la presión a la caldera que está a punto de explotar.

—Si Juan Pablo II influyó, fue en los católicos. ¿O también, según usted, en los protestantes, en los musulmanes, en los hindúes, en los chinos?

—No me ponga peros que hoy no estoy de humor. Y aquí la dejamos. Se acabó la entrevista.

Y ¡tas! Me voy del puto canal de televisión dando un portazo. Ganan fortunas estas asquerosas preguntando. Nunca más les vuelvo a dar entrevistas. Ni a hombre ni a mujer. La humanidad se revuelca en la preguntadera, la manoteadera y la paridera, de las que salen a oír música disco, o como se llame esa mierda que me va a enloquecer. La humanidad es mierda, es rap. ¡Cuánta razón tiene Juan José Millás en decirle a España sus verdades! Lo voy a localizar por Internet y le voy a mandar por e-mail unas palabras de aliento y mi reforma ortográfica.

El mudo me lleva y me trae, me trae y me lleva. Hablo solo, pero él escucha porque no le he prohibido oír. Y aprende. Es un afortunado, le pagan por aprender. Al menos con mi mudo ya no necesito de doctores Flores Tapia. Y el día en que el mudo prenda el radio o me robe o hable lo despido. Me pondré a contarle entonces mis cuitas a una tapia.

Construir es duro y quita el sueño. El constructor duerme mal. Sufre. ¡Pero se ve tan bonito lo que logra si lo logra! Cuando acabe a Casablanca van a ver. Ventanas de arriba enrejadas, ventanas de abajo enrejadas, garaje enrejado, balcón enrejado, portón enrejado, pero eso sí, todo con rejas españolas de remache, no fundidas, y pintadas de negro para que no se vean y redondeadas para que no parezcan de cárcel. De no estar Casablanca en Colombia no tendría rejas. Pero de no estar en Colombia no habría Casablanca. Casablanca sólo puede estar donde está: en la Circular 76 número 59-60 del barrio de Laureles en Medellín, Colombia. ¿Que el mundo es grande? Sí, pero ahí la quiero, donde dije, y ni un centímetro corrida hacia la derecha o hacia la izquierda o hacia adelante o hacia atrás. Ahí me la puso el Señor en mi camino, hágase Su Voluntad.

Portón de entrada con vidriera opaca. Zaguán que se continúa en pasillo con arranque de escalera a la segunda planta. Sala y antesala. A la derecha, primer patio con fuente de niño orinando. A la izquierda, habitación espaciosa con baño. Siguiendo por el pasillo y pasando el primer jardín, a la izquierda la cocina y a la derecha el comedor. Y entonces sí, precedido del porche de las mecedoras y entre un rumor de esplendor, el segundo patio con la fuente de la hiena botando por sus fauces chorros de agua. Si dejáramos las ventanas de la fachada abiertas, por la primera de la izquierda el transeúnte alcanzaría a ver, allá en el verdor del fondo tramado de enredaderas, a la hiena. «La casa de la hiena» la habrían de llamar, pero no: se llama «Casablanca». Y por las ventanas de la derecha verían la amplia sala con el Corazón de Jesús entronizado, seguida rumbo al fondo por la antesala, el primer patio, el comedor, el porche trasero y para terminar el segundo patio o jardín final. Toda una sinfonía en verde con novios y geranios y azaleas. Pero no. ¡Quién va a poner una casa en exhibición en semejante robadero! Cacolandia se roba hasta un Corazón de Jesús. En fin, con ventanas abiertas o cerradas, enrejadas o tapiadas, así va a ser. Mañana les enseño la segunda planta en la continuación del tour. Van a ver qué hermosa va a quedar.

Dignas de mención son las últimas noticias que tuve, hace veinte o treinta años, de la familia. Que Gloria se casó, que Manuel se casó, que Juan Esteban se casó, que Martica se casó... Muy originales todos. De los hijos de Gloria uno se llamó Andrés, y de las hijas de Manuel una se llamó Raquel, como mi abuela. Al nacer la niña mi mamá llamó aparte a Manuel y le dijo: «¿Por qué no ponés, m'hijo, a la niña como tu abuelita, que fue tan buena?». Y Raquel la bautizaron, como mi abuela. La desgracia de la niña empezó ahí, en la pila bautismal con el nombre. Lo detestaba. Ella se quería llamar Brigitte. «Raquel, vení traeme esto», le decían. No oía. O contestaba: «Si me vuelven a decir Raquel me vuelvo hombre. Yo soy Brigitte». «¡Raquel, Raquel, corré, corré que se está incendiando el edificio!» No oía. Ni era cierto que se estuviera incendiando el edificio, ni tampoco ella quería oír. Años después, sí, el edificio casi lo quemó cuando se durmió con un cigarrillo de basuco prendido y se incendiaron varios pisos. Pero esto es luego. Voy por partes pues no soy como Dios, simultáneo, sino sucesivo como un río. Tal era la brusquedad de Brigitte-Raquel (llamémosla así para no confundirnos y darle gusto a ella), que a un perrito que tomó en sus brazos de niña lo asfixió de amor. «Esta niña va a ser lesbiana», pronosticaron. ¡Qué va! Todo lo contrario. Padeció de desquiciamiento sexual por el sexo opuesto, ¿que se llama cómo? ¿Cómo es que se llama esta peculiaridad en psiquiatría? ¡Ah qué memoria ésta, se me olvidó! ¿Vagina atómica?

En cuanto a Andrés, su primito de su misma edad, también padeció de amor por el sexo fuerte. De niño, jugaba con ella a las muñecas.

—Hoy vamos a jugar con las Barbies, Andrés —le decía Brigitte-Raquel.

Y obediente, sin chistar, Andrés las ponía todas juntas al borde de la fuente del patio de Casaloca.

—Así no. Separadas —decía ella.

Entonces, obediente, Andrés las iba ordenando por color o por tamaño.

—Así no, separadas —volvía a decir ella, empezando a perder la paciencia.

Andrés las separaba un poco más.

—¡Que así no, carajo! ¡Separadas! —decía ella enrojeciendo de la ira.

—¿Cómo pues? —preguntaba el pobre, achantado.

—¡Así! ¡Así! ¡Así! —iba diciendo Brigitte-Raquel convertida en Anthony Perkins acuchillando a la protagonista de *Psicosis* en la ducha, o en Linda Blair, la hija de *El exorcista,* girándole la cabeza como un trompo y escupiendo vómito verde.

Y a medida que decía «Así» descabezaba o desmembraba a una muñeca, a otra, a otra. «Separadas» para Brigitte-Raquel quería decir «despedazadas» o «despiezadas». Algo de dislexia tenía, sin contar varias afasias.

Un año después, sumándole varios niñitos del barrio a Andrés, decía:

—Hoy vamos a jugar a la doctora.

La doctora era ella, y el juego consistía en que los iba examinando uno por uno con un estetoscopio imaginario para empezar, y luego con la más meticulosa palpación. Les quitaba las camisitas para la auscultación estetoscópica, tras de lo cual pasaba a quitarles los pantalones como un introito a la palpación. Andrés en tanto se los iba ordenando a todos, desnudos, en el piso.

Un año después decía:

—Hoy vamos a jugar a la vaca muerta.

—¿Y eso qué es? —preguntaba Andrés.

—Pues el redoblón, pendejo.

—¿Y eso qué es? —volvía a preguntar el pendejo.

—Pues que se lo meten a una veinte o treinta.

Y ponía a los cinco o diez niñitos que había reunido para el juego a que la fueran cabalgando como a una yegua. Lo que significaba Raquel con su «vaca muerta» era la «yegua arrecha».

Un año después tuvo su primera relación sexual en forma. En la esquina de la Avenida San Juan con la Nutibara mi padre construyó un edificio de apartamentos para que algún día, si les iba mal en la vida, allí se refugiaran sus hijos. Varios de los veinticinco allí fueron a dar, con sus respectivos hijos y esposas, entre ellos Manuel con la suya y su Brigitte-Raquel. Pues en el garaje del edificio Brigitte-Julieta tuvo su primera relación sexual plena con su Romeo, un niñito de catorce años. ¡Qué tragedia! Manuel, que de por sí siempre tuvo tendencias alcohólicas, esa noche se pegó la más tremebunda de las borracheras. Y envalentonado por los tragos le contó a Gloria.

—Yo le voy a decir entonces unas palabritas a la niña —le anunció Gloria—, porque hay que ayudarla.

Y se fue a buscar a Raquel. Y entre consejo y consejo y muchas palabras de consuelo que la niña oía callada, le preguntó:

—Mi amorcito, ¿y usted cómo se siente?

—Feliz —contestó con su voz áspera y su ceño adusto la hijueputica.

Después el juego de la vaca muerta se puso a jugarlo en serio con una cola de gamines limpiaparabrisas que tímidos y en el más respetuoso silencio iban esperando en los escalones de la escalera del edificio a que los llamaran, mientras la impúber demonia en su cuarto los iba atendiendo por riguroso turno.

—¡Otro! —ordenaba la demonia.

Y el de adelante de la cola entraba cabizbajo al cielo.

Doctores de la Pontificia Universidad Javeriana, teólogos de la Universidad Pontificia Bolivariana: esto que les estoy contando es como darle de comer al hambriento, darle de beber al sediento, enseñar al que no sabe, ayudar a bien morir al moribundo: es la «caridad sexual», la máxima de las obras de misericordia.

Medio edificio lo quemó. Pero como no soy simultáneo sino sucesivo cuento lo que va antes: cuando se tiró del balcón.

Vivían en el tercer piso, y su apartamento daba a la Avenida Nutibara, donde había un CAI o Centro de Atención Inmediata, de la policía. Como Brigitte-Raquel ya había empezado a fumar basuco y el sida a hacer estragos, su mamá Margarita y su hermanita mayor Catalina resolvieron no volver a dejarla salir a la calle.

—¡Ah! ¿Conque no me dejan salir? ¡Me les tiro por el balcón!

Y corrió al balcón a tirarse. Y se tiró, pero Catalina la alcanzó a agarrar por el cuello de la blusa, y mientras la sostenía en el aire:

—¡Mamá! ¡Mamá! —gritaba—. No puedo más, me va a arrastrar, ¿qué hago?

—¡Soltala, soltala! —contestaba borracha a gritos Margarita, quien ya se había entregado al alcohol.

La soltó y Brigitte-Raquel cayó frente al CAI.

—¡Se mató! ¡Se mató! —gritaban los policías, que habían presenciado desde abajo todo el drama.

¡Qué va! ¡Qué se iba a matar! Yerba mala no muere. Faltaba la quemada del edificio.

Dejemos un momento a Brigitte-Raquel descoyuntada, enyesada, en rigurosa cama sin poder jugar a la doctora ni volver a fumar basuco, y volvamos atrás, a la infancia de los dos niños o niñas: de Raquel y Andrés.

Mi pobre madre (que en el infierno esté con Wojtyla por los veintisiete hijos que parió) finalizaba su vida en cama prácticamente tullida, con una diabetes avanzada. Amparo, una enfermera que le habían conseguido y se la aguantaba, la atendía bien que mal. ¡Ah!, ya sé qué es lo que era Raquel, ya me acordé, bendito sea mi Dios: ninfomaniaca o ninfomaníaca, que de ambas formas está bien dicho, y lo que tenía era furor uterino, y no como dije vagina atómica. Pues bien, la abuelita de la ninfomaniaca estaba postrada en cama a las puertas del sepulcro cuando recibió una llamada:

—Doña Lía —le dijo Amparo—, la solicitan al teléfono.

—¿Quién es? —preguntó ella.

—No sé —contestó Amparo, sin saber de veras quién.

¿Quién sería? Era Andrés, quien tramado con Brigitte-Raquel que lo incitó, poniendo voz ronca de adulto para que no lo reconociera le dijo a su abuela moribunda:

—¡Qué buenota estás, mamita! Pa darte por ese culo bien bueno...

Y he aquí la respuesta genial de la moribunda:

—¡Ay, m'hijito, qué voy a poder con estas hemorroides!

En cuanto a la incendiada del edificio, de seis pisos quedó en dos: casi lo deja la endemoniada a ras del suelo.

—¿Y usted quería mucho a Raquel y a Andrés?

—Ni los conocí. Yo me fui de Casaloca prácticamente de niño, antes de que nacieran.

—Y a su mamá, ¿la quiso?

—Ver muerta.

—¿Ya la anotó en la libreta?

—Con el mayor de los gustos. Voy en ochocientos cincuenta y cinco y espero enterrar a mil. Es una libretica de tapas negras, manuscrita. Los voy anotando a medida que me acuerdo o me entero. Como van en desorden, cada vez que me acuerdo de uno tengo que leerlos a todos a ver si ya lo puse.

—Haga su libretica de muertos en el computador, que se los ordena alfabéticamente. Así los encuentra fácil, sin temor a repetir muertos.

—¿Repetir un muerto yo? ¡Jamás! Llevo una contabilidad escrupulosa. Ochocientos cincuenta y seis en el momento en que hablo. Me acabo de enterar de que murió Tongolele.

Y a ver, dígame usted: ¿a cuántos desechables acogió Juan Pablo II en el Vaticano? Ni a uno. Esta alimaña que vivía en el lujo más estrafalario era de un egoísmo rabioso. Nunca dio: a él le daban. Un ejército de monjas lo atendía, y curas regados por todo el planeta recogían limosnas para él. «Esto pa mí —decía en su conciencia oscura cada cura tomando su parte de tres montoncitos—. Esto pal obispo. Y esto pal papa». ¡Cómo no iba a estar rico ese asqueroso! Millonario murió el hijueputa. Y pensar que en México lo tuve a tiro de piedra cuando pasó en su papamóvil cagando bendiciones por la Avenida Insurgentes. ¡Cómo no le disparé una bazuca! ¡Qué importa! Ya se lo echó mi Dios por mano de su sicaria la Muerte. Como lo vi en persona (si es que esa cosa era persona) ya lo anoté en la libreta: en la doble u: Wojtyla, con el nombre de pila del delincuente. Muerto que me da la Muerte y corro a la libreta. Voy trazando entonces el nombre del difunto letra por letra, lentamente, concienzudamente, como un calígrafo en plenitud de oficio, saboreándome, con mi estilográfica Parker y la devoción de una madre limpiándole el culito a su bebé: W-o-j-t-y-l-a. ¡Qué *delicatessen*!

Y vos, Benedicta Ratzinger, ¿a cuántos desechables has recogido en tus palacios? ¿A diez? ¿A veinte? ¿A treinta? ¡Hacé la cuenta a ver! A ni uno solo vos que los produjiste, vaca horra, inquisidora, predicadora, terrorista, pederasta, homofóbica, bomba atómica demográfica. ¿Por qué se han de cagar los desechables en mi antejardín? ¡Que se vayan a cagar al Vaticano! En cuanto al perro de los evangélicos, puede hacerlo. Y no pienso matar al dueño, al pastor. Al que quiere a un perro lo quiero yo.

Hombre, definitivamente Giacomo Puccini era un asqueroso. Acabó con la ópera. ¡Y qué importa! De lo que se trata ahora es de mezclar bien el barniz para las puertas, que me está saliendo precioso. Lo preparo así: a un tarro de barniz neutro le agrego un chorrito de colorante rojo y unas goticas de sangre mía, y acto seguido con un palo mezclo. Me quedan las puertas de un barniz vino tinto hermoso, tirando más a lo oscuro que a lo claro. Divinas. Y las ventanas igual. Primero les raspo la madera para quitarles las varias capas de pintura vulgar marca Pintuco que les fueron poniendo en el curso de los años; y luego, con una brocha, les aplico el barniz. La transluminiscencia de éste hace que se queden viendo las vetas de la madera. Hagan de cuenta el *Claro de luna* de Debussy. Hermosas. Una esmeralda sin jardín, un rayito de luz dando sobre un charco de aceite.

Decía de Wojtyla ¿qué? Ah, no, nada, ya acabé con él. ¿Entonces estaba hablando de quién? ¿De quién, por Dios, de quién? Ah, sí, de Tongolele. Ah, no, de Debussy, el de las séptimas y novenas y undécimas de los distintos grados de la escala y su maldita manía de no establecer jamás con claridad la tonalidad evitando o diluyendo las cadencias perfectas. Todo le quedaba sutil, indefinido, delicuescente, y así se le vinieron encima a Europa dos guerras mundiales por no parar a tiempo a los alemanes. Lo que procedía era ser drástico, como yo. Que el arquitecto, el interventor y el maestro de obras no sirven, ¡los echo!

De nuestro edificio, ¿qué les diré? Que lo construyó mi padre con la máxima ilusión, pegando ladrillo con ladrillo amorosamente, convencido de que iba a durar y de que sería, en los malos tiempos, el escampadero de sus hijos. ¡Iluso! ¡Bobo! Se lo quemó una de su infinidad de nietos. Una que cargaba dentro de sí, latentes o encendidos, la cuarta parte de sus genes y la chispa de Satanás, quien sin que nos diéramos cuenta se le infiltró por la mitad del cuerpo, abajito del ombligo. Satanás es como el agua, entra por cualquier rendija. Sólo que lo que aquí entró no fue agua sino fuego. ¿Y «escampadero», dije? ¡Pendejo! ¡Cuánto hace que el verbo «escampar» se murió! Y además no llovía la noche del incendio. Así pasa. Cuando uno necesita sol en plena filmación corriendo el taxímetro de los millones como el chorro de una cascada loca, no hay sol. Ese día el astro rey se quedó dormido rascándose las pelotas. Y para colmo de males, San Pedro nos acaba de soltar de arriba el aguacero. ¿Que lo que necesita es un aguacero? ¿No ve que el cielo está limpio, sin una nube y con un sol esplendoroso?

«Vietnam» llamaron a nuestro edificio porque se convirtió en un campo de batalla: hermanos contra hermanos, cuñados contra cuñados, primos contra primos, tíos contra sobrinos, padres contra hijos, hombres contra mujeres, dos contra tres, tres contra cuatro, cuatro contra cinco, seis contra seis, y así... Colombia pues, en chiquito. Quién sabe quién lo bautizaría «Vietnam», pero así lo siguieron llamando tanto propios como extraños. «¿Dónde queda, por favor, la zapatería Colbón?» «En la misma cuadra de Vietnam.» «Ah...» Con Vietnam bastaba, sobraban más indicaciones. A veces los del CAI subían a levantar cadáveres, ¡pero qué va, ningún cadáver! Pura gritería, simple quebradero de vasos. «Los Locos» nos llamaron, como a unos que tenían unas marraneras yendo para Santa Anita, pero con la diferencia de que éstos acabaron ricos con unos terrenos que vendieron, y nosotros pobres con un edificio que quemamos. Y hablo en plural por solidaridad de familia, no porque a mí me hubiera tocado nada, ¿pues qué? De mi casa lo único que saqué cuando me marché con el hatillo de ropa fue un rollo de papel higiénico para el camino. ¡Ah si mi padre hubiera vivido para ver el desastre en que terminó su familia! El incendio de Vietnam habría sido para él un tedéum. No tenga hijos, no haga el mal. Piche, señor, pero no engendre. Déjesela meter, señora, pero lávese.

Todo edificio, por más firmes que sean sus cimientos y más sólidos los materiales que le pongan, ha de caer. Y es que se levanta en el aire. Como uno. ¡O qué! ¿Usted no se va a morir? ¿Ni su papá, ni su mamá, ni sus hijos? Alégrese porque van a descansar, de uno en uno o todos juntos desbarrancados camino de una finquita en Concordia. ¡Qué envidia la que me dan ustedes los vivos, yo que ya descansé y me anoté en mi libreta! ¡Si me pudiera volver a morir para volverme a anotar! Pero no, nadie se muere dos veces, y anotar dos veces a un mismo muerto en una libreta tan rigurosa como la mía es trampa. Los muertos, como los vivos, somos únicos. Muertos repetidos en mi libreta no los hay, en eso soy muy escrupuloso. Ahí los tengo consignados a todos, relucientes, fresquecitos, pero eso sí, una sola vez. Anoche anoté a Raúl Araiza, un director de telenovelas mexicano. Sus hijos creen que se perdió un gran hombre. ¡Qué va! Grandes hombres no hay. Lo que hay es un ramillete de hijueputicas. Y la Tierra, aprendiz de agujero negro, jala. No nos deja subir, nos quiere tragar. Cada paso que doy es contra la voluntad de este Monstruo Redondo, de este Planetoide Estulto.

Dicen que mi padre murió de cáncer del hígado, pero no. Murió de cáncer termodinámico: luchando contra el desorden y el caos de Casaloca y este mundo. Desfalleciente y ya al final de sus días, a un paso de caer, tapaba, cambiaba, reparaba: cañerías deshechas, fugas de agua, fugas de gas, entablados podridos, sillas quebradas, enchufes electrizados, timbres mudos, puertas vencidas, goteras, cortocircuitos... Pero ante todo y por sobre todo, murió luchando contra mi madre, su mujer, que les resumo en cuatro palabras: la Reina del Caos. Derrotado por Casaloca y su mujer entrópica, y desilusionado de todo, murió maldiciendo del Congreso de la República, de la Corte Suprema de Justicia, del presidente de la República, de los jueces, los gobernadores, los alcaldes, el ejército, la policía... Hundida en el pantano de la impunidad, la venalidad y la ratería, Colombia se le deshacía ante sus ojos llorosos en tanto se le abrían, de par en par, las puertas del sepulcro. Y no digo más, yo ya no estaba, yo me fui de niño, lo que les estoy contando es de oídas porque me lo trajo el correveidile del viento, ese vagamundo. A mi padre, como a mi abuelo, como a mi abuela, como a mi tía abuela Elenita, como a mi tío Iván, como a mi tío Ovidio, como a mi hermano Silvio, como a mi hermano Darío, como a mi hermano Fernando, como a mi hermano Carlos, como a mi hermana Gloria lo velaron en Casaloca, en la sala. ¡Adiós, papi, te me fuiste sin decirme adiós! ¡Qué moridero de casa! ¡Qué moridero de país! Esto no para. De todos esos entierros por lo menos me escapé. Me he limitado a consignar los nombres de los que se fueron, ¡ay, con dolor!, en mi libreta. Hoy vamos a rezar, niñas, las letanías de los presidentes de Colombia. Yo los voy diciendo y ustedes van contestando «hijo de puta». Empezamos por el primero y por el último, para seguir con el resto. Simón Bolívar.

—Hijo de puta.

—Juan Manuel Santos.

—Hijo de puta.

—Alfonso López.

—Hijo de puta.

—Laureano Gómez.

—Hijo de puta.

—Virgilio Barco.

—Hijo de puta.

—César Gaviria.

—Hijo de puta.

—Andrés Pastrana.

—Hijo de puta.

—Álvaro Uribe.

—Hijo de puta. ¿Cuántos son?

—Entre sesenta y cien.

—Muchos. Muy aburrido.

—Entonces recemos los papas.

—¿Cuántos son?

—Doscientos sesenta y tres contando a la actual Benedicta.

—¡Qué horror! No vamos a acabar nunca. Dejémoslos más bien para un domingo.

—Bueno. Démoslos pues por rezados, del primero al último.

—¡Claro, ya están rezados! La intención es lo que cuenta.

—Pero de carrerita sí quiero, niñas, que recemos el Confíteor, a ver si me duermo. «Señor mío Jesucristo, Dios

79

y Hombre verdadero, Creador, Padre y Redentor mío, por ser vos quien sois, la Bondad Infinita, me pesa de todo corazón haberos ofendido porque os amo sobre todas las cosas, y también porque podéis castigarme con las penas del infierno.»

—¡Uy, no, qué horror las penas del infierno! ¿Cuánto duran?

—Toda una eternidad.

—¿Y eso es mucho, o es poquito?

—De aquí a Envigado y de Envigado a la última galaxia.

—Entonces no conviene pecar.

—«*Confiteor Deo Omnipotenti quia peccavi nimis cogitatione, verbo et opere. Mea culpa, mea culpa, mea maxima culpa...* Yo me confieso ante Dios Todopoderoso porque pequé gravemente de pensamiento, palabra y obra. Por mi culpa, por mi gran culpa, por mi grandísima culpa, por tanto ruego a Santa María Virgen, a los santos, a los ángeles y a vosotras, hermanas, que intercedáis por mí ante Dios Nuestro Señor. Amén.» Digan «amén».

—¡Carajo! Amén.

Debo anotar aquí, antes que se me olvide, que Manuel mi hermano llevaba a Raquelita su hija a las cantinas. La niña le encendía los cigarrillos: prendido el cigarrillo le daba un buen par de chupadas para que no se le fuera a apagar, y acto seguido se lo pasaba, amorosamente, a su papá. Con la copa de aguardiente era al revés: Manuel le daba una probadita, y en seguida se la pasaba a la niña, que se zampaba el resto de un tirón. No me explico cómo esta niña no les resultó lesbiana.

Después de la tirada del edificio, pero antes de que lo incendiara, le llevaron a Raquel a un curita para que la exorcizara. Graduado el curita en latín en La Sapienza, la más prestigiosa universidad de Roma (y de Europa), habría de aprender con ella lo que es bueno. La condenada le sacó chispas: se lo tragó como un agujero negro a una estrellita. Se lo sorbió por la punta misma del pecado, por donde se abulta el pantalón. O mejor dicho la sotana.

—Yo renuncio por vos, amorcito, a lo que sea: a Dios, al papa, a Cristo —terminó diciéndole el herético a nuestra Linda Blair.

Y pensar que la empezó a exorcizar en latín... ¡Pero ella le contestaba en sumerio!

Tras el ínterin del exorcista viene lo bueno: la quemada de Vietnam. ¡Qué incendio hermoso! ¡Cómo se lo perdió mi papá! Hierros se derretían, vigas se arqueaban, lozas se pandeaban... Después de tumbar con unos martillos mineros o almádanas las rejas y las contrarrejas del apartamento de Manuel (todos las tienen para que no los roben), los bomberos pudieron entrar y encontraron a Raquel tirada en un diván de espuma con varias colillas de basuco en el suelo, una botella de aguardiente en la desmadejada mano y en medio de las llamas.

—¡Metela al baño, metela al baño! —le decía un bombero a otro.

Felipe, un primito de Raquel que vivía en el apartamento contiguo, creía que la iban a meter al baño para comérsela, o sea violarla, pero no: era para apagarla.

¡Qué caos, por Dios! El humo no dejaba ver.

En cuanto a Andresito, al que nunca le pusieron exorcista, he aquí una escena a su regreso del colegio que lo describe muy bien: la forma de saludar a Lina, la sirvienta:

—Lina, perra inmunda, otra vez te estás robando la plata y el mercado de mi mamá. Andate de la casa.

A lo cual Lina contestaba:

—¡Ve a este maricón! ¿Y a vos qué te importa?

Lo de la llamada telefónica a la abuela moribunda se lo contó el mismo Andrés a Lina, Lina a Gloria, Gloria al viento y el viento a mí.

Con quemaduras en medio cuerpo y de tercer grado, Raquel no iba a sobrevivir. ¡Qué va, por el contrario! En vez de apagarse agarró vuelo y volvió a las suyas con renovado ardor. Terminó viviendo con un albañilito en el barrio de invasión de La Iguaná, en la Comuna 13, un resumidero de desplazados y desechables a orillas de una quebrada igual: otro resumidero, pero de alcantarillas. Lo más insalubre que se pueda imaginar, doña Benedicta. Pero eso sí, para el optimismo y la moral de sus habitantes muy sano porque en esos barrios pobres aunque la gente come mal picha bien. ¡Y todo tan juvenil, tan esperanzador, tan ardiente! En el barrio de La Iguaná, o para el caso en cualquiera de los de las comunas de Medellín, que asentados en las laderas de las montañas constituyen la mayor parte de la ciudad, los que llegan a la edad de veinte años son los viejos. De más no hay. ¡Allá sí controlamos, doña Benedicta, la población! Usted azuza el incendio desde el Vaticano, y nosotros en Medellín se lo apagamos.

Pero no vayan a creer, sociólogos, que en las comunas de Medellín el ser humano es infeliz. ¡Ni por asomo! La felicidad es un acto de fe, y Colombia es creyente. ¡Ah!, la divisa de la Universidad La Sapienza donde estudió el exorcista de Raquel es: *Il futuro è passato qui*. O sea: «Aquí el futuro es pasado». ¡Ay, tan creíditos ellos!

No sé si haya muerto Raquel. Si sí, la voy a anotar en mi libreta como «Brigitte». Que sea éste mi tardío pero conmovido homenaje a su libertad indoblegable. Los padres no tienen por qué decidir los nombres de sus hijos. Ni tenerlos. ¡Qué envidia de Brigitte yo que viví tan modositamente, y esto se acabó y se me fue el tren y ya no es hora de enmendar la plana!

—¿Y usted sí quiere a Colombia?

—¡Claro! Si no la quisiera, niñas, ¡cuánto hace que habría hundido el botoncito atómico y la habría volado por los aires!

—Y a su papá, ¿sí lo quiso?

—Pues les diré...

—Perdónelo, perdónelo que los padres no saben lo que hacen.

—Bueno pues, por amor a Cristo que murió en la cruz y a ustedes que padecen más que él, lo perdono. No dejaré de invitarlo a la entronización del Corazón de Jesús en Casablanca. ¡Lo que va a gozar viendo lo linda que me va a quedar la quintica! Él sí sabía de construcciones: fue el constructor de Vietnam. De haber vivido, me habría ayudado tanto... Los padres no pagan con la vida de sus madres por irse antes de tiempo. En fin, que sea lo que Dios quiera, Él tiene la última palabra.

—¿No les dije, muchachas, que él sí quería a Colombia? Yo sé lo que les digo, no hablo por hablar. Vámonos a ver qué hay por ái de comer que está haciendo mucha hambre y aquí no se encuentra ni un mendrugo.

Jardines del Parque, Playas de Cantabria, Alto de los Sauces, Balcones de la Alhambra, Cedros del Líbano, Olivares del Guadalquivir... ¡A que no adivinan de qué estoy hablando! De los edificios de Laureles. Estos constructores grotescos, que son una plaga, les ponen estos nombres pretenciosos a las porquerías de edificios que hacen, unos portacomidas con apartamenticos chiquiticos, bajitos, estrechitos, encerraditos, calurosos, sin vista, unas mierditas calientes, como si soplara sobre ellos un viento delicioso y fresco que les trajera a sus ocupantes efluvios de azahar de la Andalucía de los abencerrajes. Los nombres los dejan grabados en bronce o mármol para la eternidad. ¿Quién, por Dios, va a saber dónde están los Balcones de la Alhambra? A Vietnam en cambio, que no tiene nombre grabado, no hay quien no lo conozca.

—Señor, ¿sería tan amable de indicarme dónde está la iglesia de la Consolata?

—En la Avenida San Juan, a dos cuadras de Vietnam.

—Gracias, Dios se lo pague.

«¿Y no dizque se quemó pues Vietnam?», objetará Antonio Caballero, un periodista rebelde, muy discutidor y bizantino. Exacto, don Antonio, se quemó, pero su recuerdo sigue. Vivir en el recuerdo ajeno no es morir.

—Y Casablanca, ¿dónde está?

—¿La casa blanca bonita que están reformando, con ventanas cafecitas y en el antejardín una palmera enhiesta?

—Ésa. La más bonita.

—En la Circular 76, a tres cuadras y media de donde quedaba Vietnam.

—Muy amable, señor, Dios se lo pague.

—¿Y a qué va, joven, a Casablanca?

—A entregar cuentas.

—¿Cuentas? Como cuáles, por Dios, dígame a ver, que ya estoy temblando.

—Unas de las Empresas Públicas con recargo, y un predial actualizado de la DIAN. Le subieron al dueño el veinte por ciento por ausentarse largo tiempo del país.

—Vaya pues, cóbrele a ese viejito. Y si no hay quien le reciba el cuenterío, écheselo por debajo de la puerta que él después lo recoge en un cesto como juntando culebras.

¡Qué bien vivíamos, pero ay, todo se acaba! Aunque si les digo la verdad, a mí la felicidad vivida me hace lo que el viento a Juárez. Polvo echado es polvo ido y lo que se fue se fue. «¡Uuuuuu!» Allá va, muy orondo, el tren silbando. Siga su camino, señor don tren, para que llegue. Yo ya llegué. Con decirles que hoy por hoy me alegra hasta recibir cuentas: predial, agua, luz, teléfono, alcantarillado, basuras... Con multas, actualizaciones y recargos. Más el cuatro por mil del impuesto de guerra, aunque aquí nunca ha habido guerra. Todos contra todos no es guerra, es lo usual. Los colombianos honorables vivimos en permanente indefensión ante el Estado, que nos atropella, hoy de un modo, mañana de otro. El primer atracador de Colombia es el gobierno a través de la DIAN. Dios lo quiso así, hágase Su Voluntad.

Doña Benedicta, usted que como su predecesor Wojtyla ha sido gran defensor de los curitas amantes de la niñez dígame una cosa: ¿cuando un niño quiere a otro es pederastia? Y como vaca vieja no olvida el portillo, ese niño amante del otro niño al crecer seguirá amando a los niños. ¿Qué hacemos entonces con él? ¿Lo quemamos en una hoguera en la plaza Campo dei Fiori como a Giordano Bruno? ¿O lo dejamos ir? «Dejad que los niños vengan a mí», dijo Cristoloco el ictiófago. ¿Para qué los querría ese comedor de peces, qué les pensaba hacer? ¿Y no se le hace, Santidad, una crueldad sacar a un pobre pez del agua para que se asfixie en el aire? Ese Cristoloco suyo reclutador de pescadores sí estaba muy tocado de la calamorra. ¡Dizque el Hijo de Dios! ¡Qué iba a ser el Hijo de Dios uno que caminaba sobre el agua como una araña! Si hoy viviera, querría ser presidente de Colombia. A ver, explíqueme, ilústreme doña Benedicta, usted que sabe. Pero no en alemán que es lengua abstrusa propia de nazis. Ni en el latín macarrónico de la Iglesia que es más feo que negro gangoso cantando rap con el pene erecto. No. En latín ciceroniano.

—A ver niños. ¿De dónde viene la palabra *erecto*?

—¡Quién sabe, maestro! Díganos por favor, que ardemos en ansias de saber.

—Viene del latín *erectus,* que significa erguido, tieso. Y de ahí viene también *arrecho,* estado normal del cura célibe y de ustedes cuando crezcan y los curitas amantes de la niñez me los pongan a funcionar en cuatro patas. ¿Y *bragueta*? ¿De dónde viene? ¡A ver!

—¡Sabrá el Putas, maestro!

—Del celtolatín *braca,* que quiere decir «braga» o calzón de hombre. Pero shhhhh, silencio, no hablen que estoy conectado en estos momentos con su Santidad a través del Espíritu Santo, no se me vaya a ir la paloma. Mírenla ahí afuera en la calle, paradita sobre el poste de la luz de Casablanca recibiendo y mandando señales.

—¿Se picotea?

—Se espulga la pobrecita, está llena de piojos. Shhhhh. Vuelvo a su Santidad.

Santidad: oídos sordos a sus asesores que lo incitan a meterse a Twitter con el cuento de que desde ahí va a borrar a su predecesor Wojtyla como el papa de la modernidad. Lo hacen para quemarlo. Twitter es una red de alcantarillas donde la chusma paridora y vándala excreta sus insultos. Ahí le van a decir hasta misa. Nada de tuits, nada de Twitter. Usted como Belinda en su jardín: callada. Junte sus manos santas en señal de oración y rece.

—¿Ya acabó de hablar con Benedicto, compadre?

—Ya acabé, misión cumplida. Cuelgo en este instante el inalámbrico para atender sus cuitas.

—No son cuitas, es una duda. ¿Qué hacemos con el capobanda de pescadores asesinos de peces? ¿Lo crucificamos? ¿O lo quemamos?

—Ambas pero antes le damos su buena tunda en las nalgas hasta que sangre. Entonces sí, vuelto una regadera, lo colgamos del par de palos inicuos y le prendemos fuego por las patas. Y a ver si su Padre Eterno es tan verraco y lo salva.

Como los fondos para proseguir con la reconstrucción de Casablanca se están agotando, me voy a poner en oración y a pedirles a san polvo atrancado Josemaría Escrivá de Balaguer y sus lacayos del Opus Dei que me presten plata. Cien millones. Cincuenta mil dolaritos.

—Hágale, que ésas son bicocas para esa banda de maricas forrados de oro. Que le presten al diez por ciento y después no les paga y que embarguen. Total, para lo que va a durar usted... ¿Cuántos años tiene, a ver? ¿Ochenta? ¿Noventa? ¿Cien?

—¡Setenta, cegatón! ¿No ve lo bien que me veo en el espejo?

—Digamos pues que setenta. Para los ochenta ya estará reposando en camposanto. Un pleito en Colombia dura más que un cáncer.

—¡Y me lo dice a mí, el nieto de mi abuelo! El de la *Policarpa Salavarrieta,* la lancha, lo arrastró treinta años. Se extinguió por quiebra del demandado y muerte del demandante. Se fue a pique la lancha con todo y los litigantes, y se los tragó el pantanoso río del Tiempo.

—Pues mientras se arrastra el pleito de su Casablanca y lo visita la Parca, se me instala bien formalito en su mecedora a oír en su iPod de cuarenta gigas boleros y a rascarse las pelotas.

—Y que me ventee el viento de patio a patio. ¡Uf! ¡Qué delicia! Me tiemplo con un corrientazo como un gato cuando le acarician el lomo. Si ésa no es la dicha, no sé qué sea.

Como va sacando el hilo de un ovillo una tejedora, el futuro va saliendo del presente y el presente del pasado desenrollados por Cronos. Nadie es culpable de nada, el libre albedrío no existe, todo está programado. Lo programó desde Su Eternidad Ociosa el Monstruo, la Fuente de Todo Mal. A Él se remontan todas nuestras desdichas. No le busquen bondad al que no la tiene. Engendro de las Tinieblas, Viejo Estulto, Viejo Infame, ¿qué me ves?

—No se burle, compadre, de ese Viejo que es más malo que Luzbel y lo va a fulminar con un rayo.

—¡Que me fulmine que así quiero morir, borrado por la luz, que se hizo sola!

—Póngale de todos modos pararrayos a Casablanca, que precaución no quita audacia.

—No hace falta. ¡Para qué! Sobra.

—Por darle gusto a su abuela, que desde el cielo lo está viendo y a quien usted quiso tanto, póngaselo.

—Bueno pues. Por amor a ella y en consideración a usted les voy a instalar el chuzo en las tejas. A ver si no se me enredan en él los pájaros. ¿Adónde vais, avecillas pasajeras, desventurados prójimos, como aviones locos en vuelo rasante? Descended que en los patios de Casablanca habrá siempre algún tentempié para vosotros. Alpiste y plátano para la turba alada aquí nunca habrán de faltar.

—Compadre, definitivamente usted sí es un santo. Cuando muera Benedicto y el cónclave le busque sucesor en medio de la borrasca, ¿sabe quién va a ser? Usted. Lo van a armar de tiara y báculo y a encaramar a lo más alto. ¿Cómo se piensa llamar?

—Francisco.

—¿Como el de Asís?

—Como el que sea. Y no bien tome el timón del barco, lo hundo. Las impúdicas riquezas atesoradas a lo largo de milenios *fumata nera* se volverán. Humo que se irá al cielo. Voy a feriar al Vaticano y a repartir lo que me den entre los pobres, en las villas miseria, en los tugurios, en los ranchitos, en las chabolas, en las favelas...

—¿Y la pederastia?

—No va a haber. Voy a inundar los cinco continentes e islas anexas de condones para que no nazcan más niños y los sibaritas, de tonsura o sin, se queden mamando en el aire.

—¡Claro, la solución es ésa! Muerto el perro se acabó la rabia. Y de paso acaba usted con la miseria espantosa del planeta pues sin reproducción no hay pobres y sin pobres no hay miseria. ¿Y cómo piensa viajar? ¿En papamóvil? ¿O en andas bajo palio?

—A calva descubierta bajo el sol y a pie descalzo.

—A ver si no nos lo matan los musulmanes de la media luna, que atentaron contra Wojtyla.

—¡Qué va! La Virgen de Fátima me protege como lo protegió a él. ¿No ve que Juan Pablito murió en la cama?

—Sí, en su suite papal del Hospital Gemelli como potentado saudita. Podrido de oro y vanidad, parrandeándose el pontificado hasta que El de Arriba dijo basta.

Para el 24 de octubre, fecha infausta en que nací, quiero tener terminada a Casablanca para entronizar ese día, y a las cuatro de la tarde (que fue la hora del suceso), al Corazón de Jesús en la sala. Le voy a encargar la entronización a un curita viejo de los de antes, que son los que saben latín. A mí las lenguas vernáculas en los Oficios Divinos se me hacen como pelos de puta en la sopa. En la iglesia del Sufragio, en la pila bautismal que encontrarán, hermanos, a la izquierda entrando, me bautizaron. Mi abuelo, el materno, el de la *Policarpa Salavarrieta,* fue mi padrino. Él renunció por mí a Satanás. «Sin mi permiso, ¿eh?, abuelo. Muy dadito vos a tu parecer y cascarrabias pero qué importa, así te quise.»

—¿Qué le pasa, compadre? ¿Por qué llora? ¿Qué está oyendo en su iPod interior de cuarenta gigas que se le salen las lágrimas?

—Lloro por el que fui. Y oigo «Ay amor ya no me quieras tanto» cantado por el Dueto Miseria.

—¡Cómo! ¿Es un dueto? Y yo que creía que era un trío...

—Un trío es la Santísima Trinidad, que me tiene harto.

—¡Por Dios! ¿Acaso usted no es trinitario?

—¡Por supuesto que no! Creo en Dios, sí, pero en Uno Único. Uno y Solo, Solo y Malo, Malo e Hijueputa. De una Maldad en bloque, indivisa, sin cuarteaduras.

—Lo dejo pues con su dueto, reflexionando sobre lo eterno. No se me vaya a ir por un precipicio ontológico-teológico que tiene que acabar a Casablanca. Apure a esos albañiles, partida de cubas lúbricas que sólo piensan en beber y en ayuntarse.

—No se vaya, espere un momentico, oiga esta maravilla.

—¿Qué me va a poner?

—«Veinte años.»

—Otro bolero, hágale pues. ¿También por el Dueto Miseria?

—No. Lo canta María Teresa Vera con Rafael Zequeira haciéndole segunda voz. Lo tengo en veinte versiones.

—¿Almacenadas todas en su cabeza?

—En el iPod de la mansarda. Shhhhh. Oiga. Ahí le va. «Qué te importa que te ame si tú no me quieres ya. El amor que ya ha pasado no se debe recordar. Fui la ilusión de tu vida un día lejano ya, hoy represento el pasado no me puedo conformar.»

—Con tres «ya» y dos «pasados», pero qué importa, es hermoso. En mi menor.

—Y con el solo acompañamiento de dos guitarras. ¡Para qué más! Con su gigantesca orquesta Berlioz no logró ni un compás de música. «Si las cosas que uno quiere se pudieran alcanzar, tú me quisieras lo mismo que veinte años atrás.» Y a continuación modula a la relativa, a sol mayor. Mhmhmh... Jhjhjhjh...

—No llore, compadre, séquese esos lagrimones.

—Es que me recuerda a mi Kimcita. Mi perra hermosa que recogí perdida, que me duró doce años y a quien tanto amé. ¿Y sabe de cuándo es este bolero? De 1916. Del tiempo de upa.

—No, compadre, es eterno. Lloverá sobre los desiertos, se derretirán los polos y se volverán a juntar los continentes, pero el bolero de su Kimcita no perderá jamás nada de su lozana belleza. Me gusta más que Mozart.

—Qué bueno que lo dice, pero shhhhh, que no lo oigan, que no salga verdad tan grande de estas cuatro paredes. ¡Ay, tan entusiastas ellos, tan entendidos, los diletantes! Muy buenos para aplaudir hasta que se les calientan las manos. ¡Güevones!

—La humanidad sí es una reverenda mierda, ¿o no?

—¡Pero claro! ¡Cómo me va a comparar usted a estos engendros bípedos con un camello, que es un noble animal!

—Y últimamente les dio a estos malditos bípedos por la gesticuladera. No pueden articular frase sin mover como molinos de viento ese par de apéndices que llaman «manos». Las manos, simios puercos, son para limpiarse el trasero, no para hablar. Para hablar, o sea mentir, engañar, ahí tienen ustedes la lengua, ese trozo de carne dobladiza y ponzoñosa que sube y baja y que en mala hora les dio Dios.

—No sabe, compadre, lo que me reconfortan sus palabras. Y su visita. Siga viniendo.

—¡Pero claro, a que me ponga el iPod! Adiós pues. Que pase buena noche y sueñe con los angelitos.

—Shhhhh, con los angelitos no que me meten preso y yo no soy pederasta. Yo, como el doctor Flores Tapia (y lo voy a declarar ante notario), soy de los de pene en vagina, como un patriarca ortodoxo. ¿Qué pasó, por Dios, qué pasó? ¿Qué fue ese estallido?

—¡Otra vez los narcos bombardeando a Medellín! Fue una bomba.

—Y apenas amanezca, pasa el de los aguacates: «¡Aguacates! ¡Aguacates! ¡Aguacates!». Con un megáfono. Esto sí es el jardín del Edén. Lo hizo Dios para que la criatura humana se instale aquí y viva en paz y dichosa.

Anoche, cuando iba yo a comprar leche a Colanta, atracaron a otro viejito en la Nutibara: dos culicagados con un changón. «Changón» (para mis lectores suecos) es una escopeta hechiza. Y «culicagados» les dicen en Colombia a los niños, tengan sucia o no la alcantarillita. Aquí somos muy imaginativos lingüísticamente hablando. Y para atracar y robar unas fieras. Con un ingenio siempre afilado por obra de la Selección Natural, que nos hace vivir a todos alerta. Si hoy corre más el león, mañana correrán más las gacelas. Lo dijo Darwin. Como quien dice Dios. Es la supervivencia del más apto. El más apto es el que corre más. Y el menos apto el que corre menos.

—Señor, señor, ¿qué le robaron?

—Me bajaron la billetera —me contestó el viejito.

—¿Puedo hacer algo por usted?

—Persiga a esos hijueputas y mátelos.

—¡Ay, señor! Esos hijueputicas vuelan como unas flechas.

No alcanzo a huir yo de los que me persiguen, pa ponerme ahora de perseguidor de gacelas... Y si los alcanzo y los mato, ¿qué? Me llevan al Tribunal Penal Internacional de La Haya, al Te Pe I Hache, por violación de los derechos humanos y me refunden para lo que me resta de existencia en una celda. En una celda aséptica.

La luz de un farol dio en un charco y el viejito se fue alejando, alejando, con el rabo entre las patas.

¿Y saben en qué venden ahora la leche en Colanta? En unas bolsas de plástico que no sabe uno cómo se abren y que se estremecen, temblorosas, como senos.

—¿Cómo se abren estas bolsas, señorita, que no les encuentro la forma?

—Con unas tijeras.

—No tengo tijeras.

—Entonces con los dientes.

En tanto encuentro con qué pincho estas tetas me sigo emborrachando con agua y oyendo boleros. Lo más notable de estas borracheras mías abstemias es que amanezco ¡con un dolor de cabeza! Más remordimiento y la boca seca. *Tutto è cosa mentale.*

En cuanto al Universo, según los cosmólogos del Big Bang se creó en una explosión. ¿Ah sí? ¿Y qué explotó? ¿La Nada? Ya vieron estos PhDs geniales en sus telescopios lo que era esto hace dieciséis mil ochocientos millones de años, despuesitos de la explosión, y le tomaron fotos: un fondo gris con manchitas. ¡Qué va a ser eso el Universo primitivo, güevones! Es la tomografía de un canceroso.

Si como dicen la luz viaja (cosa que dudo), y a trescientos mil kilómetros por segundo (cosa que también), el Sol que estoy viendo en este instante no es el actual sino el de hace ocho minutos, que es lo que tardó su luz en llegarme. Pero es que en esta situación hay dos: el Sol y yo. En cambio si en mi telescopio Ojo de Águila veo el Universo de despuesitos del Big Bang, ahí no hay dos sino uno, yo por partida doble: el que ve y el que fui. ¡Un viejo viéndose nacer! Payasos del Big Bang, bufones de la Universidad de Misiá Pelotas con anisotropías en el culo: no se puede repicar y andar en la procesión. O estamos aquí, o estamos allá. Si alguna explosión hubo, ¡cuánto hace que su luz se dispersó por todos rumbos rumbo a la Nada y no hay quien la agarre! La luz que se fue no vuelve. Sigue viajando. Hacia allá, más allá, más allá, creando el Espacio, que medimos en Tiempo y por eso hablamos de «años luz».

No me gusta la explicación del Big Bang. Prefiero la de Dios, el Viejo Loco que se sacó de la manga el Universo como un prestidigitador un conejo. Que el conejo le salió contrahecho es otra cosa. Y que no lo endereza ni el Putas otra.

Hay un loro en el patio de la casa de atrás que amanece gritando «¡Hijueputas!». Como no me siento aludido porque mi mamá fue mala pero no puta, sigo durmiendo. Amo a ese loro. Y a los pericos, a las guacamayas, a los papagayos... Ya sé que cuando tumben esa casa me van a tapar el Sol con el edificio que construyan en su lote. ¡Qué importa! Por los dos patios seguiré viendo la Luna cuando me lo permita el smog. Además, como no hay mal que por bien no venga, si me tumban la maldita casa mejor porque ahí funciona una agencia de seguridad. ¿Y seguridad para quién? ¿Para mí? ¡Para ellos, que se me van a meter cualquier noche por atrás! Por eso le acabo de instalar arriba a la tapia trasera, a modo de cornisa, una batería de botellas despicadas apuntando al cielo. ¿Se trepan y entran? ¡Pero desangrados! «Botellas asesinas» se llama mi instalación, y está dedicada a Antioquia. Les saca el Sol unos destellos verdes tan hermosos a esos humildes culos de botella...

—A martillazos le van a tumbar su obra de arte y van a entrar.

—¡Que entren, que aquí no hay nada que robar! El iPod no me lo saca ni el Putas de la cabeza. Se me llevarán el Corazón de Jesús...

Ahora bien, si un Corazón de Jesús entronizado en latín como Dios manda no se cuida a sí mismo y se deja robar, ¡qué esperanzas! Que no me vaya a resultar este bobo como el perro de los Aristizábal, que se lo llevaron con todo y la plaquita de identificación...

—Vení, Bravonio, vámonos —le dijeron.

Y Bravonio los fue siguiendo y hasta el sol de hoy.

En el principio no era el Verbo, como dice erradamente san Juan empezando su Evangelio. No. Fue la Luz. Si Dios

94

es algo, es la Luz, y toda la del Universo cabe en un dedal. De suerte pues, teólogos de la Universidad Pontificia Bolivariana de Medellín, que Dios es tan Grande, pero tanto, tanto, que de tan Grande que es es Chiquito: cabe en un dedal y sobra espacio para unos granitos de arena.

—¿Qué está oyendo ahora en su iPod interior al que no tengo acceso?

—«Arrabalera», de Francisco Canaro, una milonga.

—En últimas qué es lo que le gusta pues a usted: ¿los boleros, o las milongas?

—Los boleros cuando estoy oyendo boleros, y las milongas cuando estoy oyendo milongas. Compenétrese para que oiga esta hermosura. Conéctese con mi interior marcando la clave «Ferval».

—Me compenetro. Listo. Marcada. Conectado. Shhhhh. Efectivamente. Tiene razón. Las milongas son hermosas y Canaro un buen músico.

—¿Buen músico? ¿Hermosas? Delirantes y Canaro es lo máximo. Compite en el hemisferio sur con la Cruz del Sur. De niño lo oía en Santa Anita.

—¡Y dele con Santa Anita! Ésa no es una santa, es una finca con marranos. ¿No le huele en su recuerdo a marranera? Como las de Pénjamo, vaya, el pueblo de la canción. Frente a ese pueblito de torres cuatas pasó usted yendo a Guadalajara como un bólido en su Rambler, levantando el polvo de la carretera, endemoniado, a toda verraca, y por ponerse a recordar a Santa Anita casi se da con un camión. ¿Sí se acuerda? ¿O se le olvidó el episodio en que por un pelito no me lo matan?

—A mí Santa Anita me huele a azahar de naranjo. Y ahora llueve la lluvia contra sus corredores venteada por el viento. «Shhhhh»... ¿Sí la oye? Hace «Shhhhh»... Suavecita, fresquecita. Está regando las macetas de la abuela con manos de ángel.

—Pobre viejo, da pesar. Cúrese de esas nostalgias, deje esas güevonadas que su futuro no está en el ayer sino en el mañana de la reforma ortográfica. ¿En últimas se la aprobaron? ¿Siempre sí van a acabar con la zeta para joder a España, país de calvos?

—De calvos y de tonsurados. Gritones, groseros, blasfemos, corruptos, bestiales, zánganos. Torturadores de animales, lacayos de rey y lambeculos de obispo.

—Algún justo habrá...

—Dos. Un matrimonio. Él de apellido González y ella Toledano.

A Benedicto, como le pronostiqué, lo volvieron en Twitter un Ecce Homo. Y deprimido, despreciado, ninguneado, vapuleado, vestido el pobre de blanco como marimbero, la Mano Negra lo empujó a abdicar. Que con su gesto no sólo iba a borrar a Wojtyla —le susurraban las curiales y falaces lenguas— sino también a todos los papas del pasado, porque a ver, ¿cuál, motu proprio, renunció? ¿Gregorio XII hace seiscientos años? No renunció, lo renunciaron. El emperador Segismundo lo renunció. Benedicto: te dejaste calentar la oreja por tus malquerientes y te volviste a equivocar, y esta vez ya sí no hay remedio. No digo que para el próximo mundial de fútbol: para la semana entrante, ya estarás olvidado. ¡Más que el hijo de Lindbergh! Fuiste un blandengue, un desastre, tiraste la toalla. Wojtyla el malo seguirá siendo mi papa preferido. A él me encomiendo y a Luzbel. San Juan Pablito Segundo, *santo subito*: en el fondo de los inodoros de Casablanca, en sus espejos de agua, palpitará tu efigie de eslavo rubicundo para que religiosamente empezando el día, al levantarse, te rece el dueño de la casa, y que sus invitados ocasionalmente, según sus necesidades, también te recen.

Los viejos dormimos mal, comemos poco y hemos perdido el apetito sexual. Las inclinaciones en este rubro —ortodoxas o heterodoxas, lícitas o ilícitas, sucias o más— nos son ajenas. Preocupaciones de diverso orden no nos dejan dormir. Que una llave de agua no cierra bien y hay que llamar al plomero pero ya no hay plomeros. Que se venció el plazo para pagar la luz y la van a cortar. Que el banco quebró y nos dejó en la calle. Que los de la Corte Suprema mandan chuzar teléfonos y los del Congreso roban. Que en el campo y en las ciudades se están matando porque en Colombia el Estado desapareció, como no sea para atracar con la DIAN. Que los polos se están derritiendo. Que otra vez hay hambruna en África. ¿Que qué va a ser del loro cuando tumben la casa? Lo más anodino y bobo nos espanta el sueño, siendo así que todo tiene solución. ¿Solución para la llave de agua que chorrea? Se le cambia el empaque. ¿Solución para los funcionarios ladrones? Robe también usted. ¿Solución para la hambruna de África? Que se extienda a todo el planeta. ¿Solución para lo de la DIAN? Compre a los de la DIAN. ¿Solución para el loro huérfano? Me lo traigo a vivir como rey a Casablanca, lo instalo en una percha de oro, le doy vino de consagrar que suelta la lengua, ¡y que hijueputee como pontifica el papa! Esta vida es una dicha, todo tiene solución.

Capítulo noveno, «El faro encendido y la luz de una vela». La luz de un faro llegará tan lejos según sea su intensidad. ¿Hasta dónde ilumina un faro? ¿Hasta diez kilómetros a la redonda? Póngale veinte. ¿Y un cerillo o fósforo? Un par de metros. Pues bien, ninguna luz sigue viajando indefinidamente hasta los confines del Universo, como sostiene no sé qué loco que anda por ái. No. Llega hasta donde puede. Su ámbito no es la totalidad. Y no bien se apaga la fuente que la produjo (faro o cerillo o Big Bang), la luz desaparece. Canilla cerrada, chorro cortado. ¿O me van a decir que la luz de un fósforo sigue viajando hasta el tope de esto? Sólo existe a unos metros y mientras el fósforo esté encendido. Conclusión: Dios no puede ser la Luz, Dios no es Nada. Dios es un cuento de hijueputas para pendejos.

¿Y si además de la casa de atrás me tumban también la de la izquierda? Me taparán entonces también la luz de la izquierda, estando ya tapada la de la derecha por el edificio que me encontré al llegar, y así quedaré encerrado entre tres muros altos y con la sola luz de la calle, que tapan los edificios de enfrente. ¡Cómo quieren que duerma! Duermen los desechables. Los propietarios no tenemos derecho a dormir. ¡Bienaventurados, desechables, que os cagáis en este mundo, porque de vosotros será el Reino de los Cielos!

—¿De quién es la casa de la izquierda?

—De los evangélicos.

—Mátelos. Que se vayan a juntar con Dios, por quien suspiran. Pague un combo de sicarios y que le hagan una hecatombe. ¿Cuánto le puede costar? Lo que cuesta mandar hacer una puerta con tableros, como la que le puso a la cocina.

—Ya no las hacen, se perdió el oficio, carpinteros ya no hay, el gremio de san José se extinguió como el cóndor de los Andes. La puerta que usted vio no la mandé hacer, no es nueva: es vieja. La compré en una casa en demolición, la raspé, la barnicé, y ya ve los brillos que le saqué, la belleza que me quedó.

—Se habrán acabado los carpinteros, pero sigue habiendo fósforos y lápices y velas y en su iPod interior usted sigue oyendo milongas y boleros. Conténtese con lo que tiene. Y con lo que no tiene también, porque no tiene enfisema. ¡Como nunca fumó! Y el viejo no es malo, el niño es el que es. ¿Qué hay más escalofriante y horrísono que un bebé enmierdado dando el do de pecho a media noche?

—Su madre. O sea, quiero decir, la del bebé, no la de usted. Este idioma con el posesivo de tercera persona nunca ha podido, ¡se hace unos líos! Por eso el español es una lengua aclarativa. O sea, de la familia de idiomas en los que hay que estar aclarando siempre.

—¿Y cuál no? Todos son aclarativos. Y toda mente confusa, bien sea de bípedo sabio o de humilde animal. La mente está siempre cambiando. Viendo, oyendo, divagando, previendo, recordando... Vas recordando un viejo amor mientras caminas, oyes tañer una campana, ves volar un pájaro, esquivas un charco, llegas al semáforo, esperas a que cambie, empiezas a cruzar la calle, oyes un disparo, ves la moto que huye, caes sobre el pavimento y punto, ¡al olvido!

Al olvido iremos todos, Benedicto, por una pendiente u otra. ¿Para qué entonces tantas idas y venidas, tantas vueltas y revueltas, todo este ir y venir estúpido? Ya no quiero ser papa. Me niego a lavarles el Viernes Santo los pies a los desechables. ¡Que se los laven sus madres! Los desechables no sirven ni para hacer con ellos caldo Knorr Suiza de pollo.

—Total, usted es vegetariano, no sufrirá por esa carencia. Semovientes no come. Y si no quiere lavar pies ajenos, ponga a un obispo. Que trabajen estos zánganos. Delegue. ¿Y qué mesa de comedor le piensa poner a Casablanca? ¿Una Luis XV? ¿O una Luis XVI?

—Una de sastre.

—¿Y de sillas?

—Taburetes. Lo más incómodo qui haiga pa que mis comensales coman poco y se larguen. El viejo es avaro. No gasta.

—¿Y esa cobija de cuadros rojos escoceses con que se arropa? Se ve como un piel roja.

—Me la traje de un avión de Avianca por la etiqueta, que no le pienso quitar.

—¿Y qué tanto dice pues la etiqueta?

—«Fatelares.» La fábrica de textiles de la que fue subgerente mi papá cuando yo era niño. Por fidelidad a él y al que fui, con esta cobija me habrán de enterrar. Ella me servirá de mortaja.

—Papa más humilde no ha conocido en dos milenios la cristiandad. Lo único que le falta ahora, su Santidad, es levitar. ¿Le llamo a la prensa? ¿O prefiere seguir lavando patas?

La luz, la luz. ¿Qué decía de la luz antes que se me olvide? Ah sí. Que no existe indefinidamente y que en algún punto de su viaje se esfuma. Viajará a trescientos mil kilómetros por segundo pero no llega al tope, desaparece en el camino. Y la del Sol es exactamente como la de un fósforo: en algún lado se extingue, sin acabar de llegar. Lo que pasa es que la del fósforo sabemos que no ilumina a más de un palmo y que no llega ni hasta la casa del vecino, mientras que la del Sol, que viene desde tan lejos, llega hasta aquí, pero no sabemos hasta dónde más va. La luz, que tan noble parece, no es más que una vulgar emanación de la materia en estado de calentura. Polvo echado, polvo olvidado, y punto. No se diga más.

—¿Por qué tan enojado? ¿Qué le hicieron?

—¿Yo enojado? Feliz estoy de verlas, muchachitas. ¿Por qué no habían vuelto?

—Por el problema de la comida. Aquí no hay ni un tentempié para un cristiano.

—«No sólo de pan vive el hombre», dijo el Loco.

—Si no hay pan, lo que sea. Maíz, yuca, avena. Vivimos sin norte alguno, en la incertidumbre total.

—También nosotros. No sabemos si comemos para seguir viviendo o si vivimos para seguir comiendo.

—Nosotras no hemos visto hasta ahora que se haya muerto de hambre un señor. O que se esté ruñendo unos cables. Ustedes comen. Sí comen. No puede decir que no.

—Ya no pienso volver a comer. Voy a entrar en el «endura» y me voy a dejar morir de hambre como los albigenses.

—No, no se muera que nosotras lo queremos. Coma, que nosotras no miramos. Nos volteamos para la pared y así no ver.

El hombre es una plaga. No sólo para el hombre mismo, lo cual está bien, sino para los pobres animales, que a los que no destruye se come. Come vaca, come cerdo, come pollo, come cordero, come carnero, come peces, come tortugas, come pavo, come conejo, come hormigas, come grillos, come caballo... Hasta a los nobles perros, que nos ayudan a soportar esta carga, los mata a escondidas para que, con la conciencia tranquila y sus dos hileras de colmillos y muelas, sus correligionarios de esta o esa o aquella religión o secta se los coman en salchichas «de ternera». En sus voraces tripas procesa el Rey de la Creación a los inocentes animales, que al final de un tubo tortuoso y sucio de varios metros de retorcidas oscuridades tenebrosas donde pululan la *Escherichia coli* y variada fauna de putrefactas bacterias le van saliendo convertidos en excremento ruidoso. ¿Y en sus horas de ocio saben qué hace el depredador carnívoro? Versifica. Le da por ser poeta al hijueputa. El hombre es lo más asqueroso de la Creación. Está hecho a imagen y semejanza de su Creador. El «hombre» es pues lo dicho. Dejo para otro día a la «mujer».

—Pa otro día no, pa ahorita mismo. No suspenda el Sermón de Casablanca, compadre, que la humanidad lo necesita.

¡Qué inmundicia es la mujer! ¡Qué porquería estas Evas Peronas, vómito de la Tierra! En Argentina hoy tienen una de presidenta, que gruñe. Y en Chile acaban de salir de otra, ¡que ya quiere volver! No hay falo que les venga bien a estas inmundas. Son la porquería de la porquería, la asquerosidad de las asquerosidades, la inmundicia de las inmundicias. En Colombia tienen una aventurera correcaminos, recorreselvas, de nombre Ingrid Betancourt; y en Birmania otra, de nombre Aung San Suu Kyi, la Ingrid Betancourt birmana. Veinte años ha pasado en prisión esta mosquita muerta porque quiere ser presidenta. ¿Y para qué? Pues para hacerle el bien a su país, ¿para qué más ha de ser? ¡Birmanos! ¡Traigan un tigre de Bengala hambreado y denle de plato fuerte a esta mártir! Por falta de comida no vayan a dejar extinguir tan precioso animal, que es autóctono de la región. Mil trescientos millones de chinos feos, feroces, amarillos, ¿para cuántos tigres de Bengala darán? Tigres de Bengala no hay en Colombia, pero algún puma queda. Ni se les ocurra, colombianos, echarle a Ingrid Betancourt al último puma de la patria para que la deguste, ¡porque se nos envenena el animalito!

—Siga, compadre, que por su boca empezó a hablar el espíritu. Pase a los políticos.

—Los políticos, los bribones de la democracia, la última plaga que lloviendo sobre mojado nos mandó Dios. El caraeculo de David Cameron, el espantajo de Angela Merkel, el payaso eléctrico de Sarkozy, el calvo lujurioso de Berlusconi, el barbudo putrefacto de Rajoy, el calvo caprino de Rubalcaba...

—¡Miserable! ¿Cómo osas llamar con el nombre de la cabra, que es un hermoso animal, a semejante bípedo de barbas ralas que cuando sale en televisión apesta? Ya estás como Cristoloco de Galilea, Lenin y Castro, insultando con nombres de animales. ¡Vergüenza te debería dar, *mascalzone*!

Y sí, vergüenza es lo que me dio. Apagué ipso facto el televisor y jamás lo volví a prender. Cuando sintonizaba el canal español me salían, llueva que truene, como la maldición de la Momia, el calvo barbiescaso y el barbudo putrefacto enzarzados en polémica. Efluvios de las más deletéreas flatulencias, arrastrados por los haces de electrones, me venteaba entonces en las narices la caja estúpida. En México la dejé. ¿Qué habrá sido del par de puercos? ¿Seguirán en circulación?

Como la simultaneidad confunde, iré por partes. Trataré de entender primero el espejo; seguiré con la luz; luego con la gravedad; luego con la estupidez y la maldad del hombre; y luego, para terminar, con las turbulencias del cerebro.

—Así no. Empiece por lo último. Si no entiende las turbulencias de su propio cerebro, ¿cómo va a entender la estupidez y la maldad humanas, el espejo, la gravedad, la luz?

—¿Y qué tal si empiezo por la luz? Si sí, para llamar entonces al Espíritu Santo y que me ilumine.

—¡Bobito! ¡Cuánto hace que no hay Espíritu Santo! Se lo comió Wojtyla en su agonía desplumado en caldo de paloma. Wojtyla acabó hasta con el nido de la perra, entienda. Se parrandeó a la Iglesia como Hugo Chávez a Venezuela. Yo no sé qué va a hacer usted, Santidad, para levantar esa institución tan alicaída. Aunque sea veinte centímetros, ¡levite! A punta de lavar pies dudo de que la pare...

No se sale un centímetro la Tierra de su órbita, no estalla la guerra nuclear, no cae un meteorito en Texas, esto sigue. La venalidad, la impunidad, la deshonestidad, el fútbol, el soborno, la calumnia, la impostura, el embeleco del poder... Las ansias de riqueza y fama, la juventud entregada al amor y al Internet... Basurita diaria de la que me tienen harto. ¡Quiero noticias! ¡Y basta de pretender salvar al alcohólico del alcohol! ¡Gazmoñerías! ¿No ven, tartufos, que éste es su salvación? ¿De qué quieren que se agarre el pobre si se está hundiendo? Y la máxima obra de misericordia es la caridad sexual, que yo inventé, en mi niñez, no lavar pies. ¡A practicarla, niños, con los viejos, que dentro de poco se nos van! Que se lleven al Más Allá los cuchitos un gustico de almíbar en la boca.

—¡Qué lucidez, qué claridad y qué bondad las suyas! Pensando siempre en el prójimo y llorando por él. Hasta hoy Colombia sólo ha producido presidentes. Usted le va a dar el primer santo. ¿Por qué se vino de México?

—Por un reloj.

—¿Y qué le pasó con el reloj?

—Otro día le cuento.

—Bueno, será otro día, no lo interrumpo más, me voy, siga con sus metafísicas.

Al que no quiere caldo se le dan dos tazas. Soñé con Rubalcaba. Su estampa de viejo sátiro caprino me perseguía en el sueño. Huyendo de él corría y corría y corría, cuando de repente ¡tas! Me salía de un matorral y me señalaba con el dedo. «Yo no fui, yo no fui», le decía. Me desperté bañado en sudor.

Yo no soy el santo que parezco, he pecado. La lujuria me ha perseguido como la serpiente a Eva y Rubalcaba al poder. La gula no. La soberbia tampoco. La envidia sí: he envidiado a José Alfredo, pero me pongo a llorar cuando lo oigo. A la mujer del prójimo nunca la he deseado, aunque al prójimo, a veces, sí. Pederasta no he sido. *Delicatessen* sí, de pederastas, en mi desamparada niñez. He hecho la caridad que he podido, tal vez por no tener fe ni esperanza. Pero no me salvo. Si me fuera a calificar de 1 a 10, me pondría máximo 3. Ahora, que si con tan escasos méritos ascendiera a los altares por Voluntad del Señor, ¡milagros es lo que el mundo va a ver!

«Señoría», le dice en mi televisor Rajoy a Rubalcaba. «Señoría», le contesta en mi televisor Rubalcaba a Rajoy.

Rastreros, lambeculos de rey, cualquier tarde de éstas los van a invitar a tomar el té con el Borbón en la Zarzuela. ¡A preparar las rodilleras! ¡Y a afeitarse, que a la sola vista apestan! Asesino de animales, altanero y grosero, traidor a Franco, ladrón y zángano, hay que reconocerle sin embargo al Borbón que valiente sí es: debeló el cuartelazo que él mismo planeó, con lo cual salvó a España.

Arde la noche tras el bochorno del día y cantan las cigarras. Con el alma en paz, aquietadas las pasiones, el que dice «yo» mira desde su balcón a Casaloca. Sus tupidos árboles no se la dejan ver pero qué importa, él bien sabe que ahí está. Dicen que desde hace años no la ocupa nadie, y nadie sabe quién es el dueño ni de quiénes fue. Pues de nosotros, plural de «yo», que es el que queda, el que habla. El resto se fueron yendo, uno a uno, la Muerte me fue desgranando la mazorca hasta dejar una tusa pelada con un solo grano, yo, su servidor, que a Dios gracias tiene de sobra para acabar a Casablanca y comprar a Casaloca sin recurrir a préstamos de los tartufos del Opus Dei. Aquí me están tintineando, gazmoños, junto a los cojones, los doblones. ¿Pero a quién le compro? «No la vaya a vender, señor dueño, para un edificio que yo doy más. Cuánto quiere, cuánto pide, diga una cifra, hable a ver. Aproveche que garbanzos de a libra no los produce la tierra todos los días.»

Por la Circular 76, mi calle, que de día pulula de carros y de gente en un ir y venir imparable, ahora no pasa ni un alma. Que un alma no pase a pie a tan altas horas de la insegura noche por tan insegura calle lo entiendo porque la atracan y le quitan hasta el cuerpo astral, ¿pero en carro, con los vidrios cerrados, acelerando, a lo que dé el cachivache? Ni un carro, ni un alma, ni tampoco en la avenida. Sola también. Titila un cocuyo, la luna mira, las cigarras cantan. ¿Qué pasó aquí? ¿Por una hendidura del Tiempo habré vuelto al pasado?

Casablanca y Casaloca se miran en mí como si fueran una sola en un espejo. Mi alma se reparte en ellas, va de un balcón al otro, yo estoy aquí y estoy allá. ¿Cómo llamábamos al balcón de Casaloca? ¿Cómo, por Dios? ¿Me estará empezando el mal de Alzheimer? Si me estuviera empezando no me acordaría de «Alzheimer». Y al balcón de Casaloca lo llamábamos «el volado». Gracias, Señor, por esta memoria de Ireneo Funes que me diste, prodigiosa, que me permite recordar tu presencia en el palpitar de la sombra de la hoja de un guayacán contra cuyo tronco estuve de niño orinando. Ardo en ansias de irme a juntar a Ti. Mándame tu aeróstato. Y acabemos con España, si algo queda. Dice el *Poema de Mío Cid* en sus primeros versos con palabras que lo resumen: «Qué buen vasallo sería si tuviera buen señor». ¿Qué se puede esperar de un pueblo cuya literatura nace ansiando el bien de ser lacayo? Eso. Lacayos. Felipitos, Aznarcitos, Rajoicitos, Rubalcabas... ¡Y yo pidiendo que tumben las estatuas de Bolívar! Que siga instalado ahí, a caballo, al sol y al agua cagado por las palomas este hijueputa bribón venezolano que por lo menos nos salvó del Borbón. No flota en el aire una brizna, la noche no dice ni pío, no se mueve una rama. ¿Estoy vivo, o estoy muerto? ¿O es que ya se murió, por fin, la vil Colombia?

—Hay que nombrar las cosas para que existan, pero usted las nombra para que se acaben. Lo negro no es tan negro, compadre, arrepiéntase. De lo que ha hecho y de lo que ha dejado de hacer. De los que ha matado y de los que se le han quedado alentando. Diga: «Me arrepiento, he pecado».

—¿Arrepentirme yo? Tal vez en mi *dies mortis* para no caer en la impenitencia final que me da susto.

—¡Dios lo libre de ella! Salga más bien de esa amenaza desde ya, no deje para mañana asunto de tan trascendental importancia. Arrepiéntase que el riesgo que corre es enorme: la condenación eterna.

—¿Qué aliciente tiene el equilibrista si no le ruge abajo de la cuerda floja un abismo? Cuando vea venir por mí a la Innombrable me arrepiento.

—¿Y si lo agarra dormido?

—Me arrepiento en sueños.

—¿Y si no está soñando sino en esa etapa del dormir del hombre en que uno está borrado en la negrura total?

—Empato entonces una negrura con otra, la nada con la nada, el sueño pasajero con el eterno y me voy en caída libre a los profundos infiernos de mi señor Satanás. Sobran los niños, sobran los viejos, sobra usted, sobro yo. Todos salimos sobrando. *Ut hoc ipsum quod maneam in vita, peccare me existimem.* Pido perdón por seguir viviendo.

—¡Qué grandeza de alma, usted es un Cicerón! Pero no me venga a decir que va a predicar en latín...

—Claro, en latín, *urbi et orbi* desde el balcón del Vaticano. Espantando palomas como Wojtyla, ¿sí se acuerda? Le revoloteó una paloma en la cara y el engendro polaco le mandó una palmada. ¡Al Espíritu Santo! Entelequia alada con la que finalmente acabó.

—Pues en latín no le van a entender.

—¿Y quién le dijo que el latín es para entender? El latín, como el arte, es para que uno «lo sienta», no para que uno «lo entienda». Haga de cuenta una saeta que le llega derechito al pecho con su concisión lapidaria.

—Ah...

—¿Y sabe por qué es tan difícil de entender esa lengua?

—No, ¿por qué?

—Porque suprime el verbo. Y sin verbo las frases se vuelven adivinanzas. Es que los romanos, que recibieron el alfabeto de los fenicios y los griegos, de quienes aprendieron a escribir, en un principio sólo lo usaron para grabar epitafios. Piense en la dificultad que da grabar con un cincel en la piedra de una tumba la A, la B, la C...

—Ah...

—Y al principio sólo había mayúsculas, ¿eh? No vaya a creer que las minúsculas están ahí desde que Dios dijo «Hágase esto». No. Vinieron luego, con el correr del tiempo. Son recientes como usted, muy posteriores a los dinosaurios.

—Ah...

—Definición de «Borbón»: mierda francesa reciclada en España. Y váyase a dormir que mañana nos espera un día muy caliente.

Anda suelto *urbi et orbi* un impostor de apellido Bergoglio que se hace llamar «Francisco». ¿Francisco qué? ¿Gómez? ¿González? ¿Aristizábal? Francisco nada, Francisco caca. No sé de dónde salió este cantante. Lo produjeron al vapor como en la industria avícola sacan pollitos de una incubadora. Ni tiene el exequátur del Espíritu Santo que para empezar ya no está, ni mi níhil óbstat porque no se lo doy. Ni doy, ni fío, ni presto. Lo que tengo es para construir una casa y comprar otra. No sabe latín Francisco Caca, predica en italiano, es un papa espurio, cocinero. ¿Por qué no pondría más bien un restaurante argentino este pampeano de cara amorfa? El día que me lo ponga a tiro de piedra el Espíritu Santo, como me puso a Wojtyla en la Avenida Insurgentes de México servido en bandeja de plata aunque, ay, por desapercibido que andaba no me zampé esa torta, me lo tumbo. Con un fusil, con un changón, con una honda... Con lo que disponga Dios.

—¿Y si para darles una idea de lo que somos los terrícolas, les mandamos a los marcianos una foto de Rubalcaba en el cohete?

—Van a pensar que somos lascivos, cabrones, sátiros. Ni se le ocurra, idiota.

—¿Y de Rajoy?

—Usted está hablando del Sistema Solar y ésa es mierda cósmica.

La noche sigue cayendo sobre la ciudad y mi alma. Se oye un tiro: ¡pum! Otro: ¡pum! Otro: ¡pum! Es Medellín cantando. A mí los tiros me arrullan, como la lluvia, y sin embargo no me logro dormir. Conciliaré el sueño el día que acabe a Casablanca. ¡Pum! Otro y van cuatro. ¿A qué paisano habrán despeñado en los infiernos por el gravísimo delito de existir? ¿Cuánto tardará la caída? ¿Estableció Tomás de Aquino en su *Suma teológica* cuánto tarda un cristiano en caer al infierno? ¿Segundos? ¿Minutos? ¿Días? ¿Años? ¿Siglos? ¿Eones? Definitivamente sí les digo, y lo he meditado mucho: Dios es Malo. Es la Maldad Absoluta, ontológicamente hablando. ¿Qué le costaba hacernos ricos, sanos, felices, libres del sexo o con el sexo a manos llenas? ¡Carajo, empezó a llover, me va a mandar un rayo el Asqueroso, retiro lo dicho! Cae la lluvia acompasada sobre Casablanca y sus tejas y se silencian revólveres y miniuzis. Callan también las cigarras: de lo alto les bajaron el calor. Con esta lluviecita de prueba vamos a ver si nos quedaron bien las tejas, que acabamos de reacomodar e impermeabilizar después de darles, una a una, con amor, su limpiadita. Silencio. No hablen. Presto atención. ¡Tas! ¡Tas! ¡Tas! ¿Quién dice «tas»? Una gotera. ¡Tas! ¡Tas! Otra gotera. ¡Tas! ¡Tas! Otra gotera. ¡Vida puta, maldita sea, por qué nací, quién me trajo a esta mierda! Vivir es difícil, y si el viviente se pone a reconstruir casas, más. Voy a tener que conseguirme un «goterero». Palabra esencial del vocabulario del constructor que no figura en el Diccionario de la Real Academia no sé por qué, tal vez porque en España no llueve, pero que se define así: albañil deshonesto especializado en coger goteras rompiendo tejas. Me va a quebrar el hijueputa las tejas sanas cuando se suba al techo. Hasta ahora no he matado cura, ni obispo, ni d'iái p'arriba. ¡Pero cómo quieren que duerma! El propietario no tiene derecho al sueño. El que compre casa que se joda y el que se case que mate a la mujer.

Se mueven los continentes, que flotan a la deriva según lo descubrió Wegener, ¡no se van a mover las palabras! Cambian en sus sonidos, en su escritura, en sus significados, se vuelven otras. Por eso hay que actualizar cada tanto los diccionarios, que nunca están terminados. Cumpliéndose en el año que corre trescientos de la fundación de vuestra ilustre Casa por marqués de Villena, señorías, para la vigesimotercera edición del real *Diccionario* propongo una reformulación de la entrada *puta* porque la definición que corre ha dejado de estar acorde con la que dictan los nuevos tiempos. Definición vuestra de *puta:* «Mujer que hace ganancia de su cuerpo, entregada vilmente al vicio de la lujuria». Y yo os pregunto, señorías: ¿Una mujer que vende un riñón para darles comida a sus hijos, hace también «ganancia de su cuerpo»? ¿Y «vicio de la lujuria»? ¿Qué lujuria, por Dios, puede haber en una mujer que se acuesta con un barrigón patizambo, boquituerto, hexadáctilo, de pene escaso, puntiagudo y rojizo? La lujuria será de él, no de ella. Lo que hace ella es una obra de caridad, si no es que de misericordia. Si no queréis que la santa cobre, dadle entonces de comer vosotros, señorías, o que le dé la Iglesia que bien rica está y que habla por boca vuestra en vuestro *Diccionario*. ¿Y «vilmente»? ¿Un adverbio en «mente», que tan feos son, en una definición del *Diccionario* por antonomasia, que a todos nos guía? ¡Como para hacer salir de indignación a Borges de su tumba ginebrina! La política, en cambio, sí es vil, señorías. Desde que surgió en la Hélade en la Edad Dorada

110

ha envilecido al hombre. De un tiempo para acá envilece también a la mujer. Para la voz *puta* propongo la siguiente definición que la pone al día: «Mujer que ocupa o pretende un alto cargo público». En cuanto a la vieja prostitución, ya se la sumé en mi *Catecismo remozado* a las obras de misericordia. Y como un ejemplo dice más que mil definiciones y de hecho los niños aprenden el idioma oyendo frases y no consultando diccionarios, aquí les van dos para mejor comprensión de vuestras señorías: «De las putas más putas las más putas son las de España: las del PSOE y las del PP. A su lado las de Colombia son mansas palomas».

La lluvia cae sobre Casablanca iracunda, alucinada. Baja el agua por las canoas del techo al patio a trompicones, como llevada de la mano de mi señor Satanás. Quiebra tejas, moja pisos, forma charcos y los charcos lagos. Borbotea de la ira la maldita. Y tamborilea. Hagan de cuenta cuando se levantaba a medianoche mi tío Argemiro el loco a patear las puertas y decía: «¡Pa que sepan que aquí estoy yo!». Si no para esta demente, me va a tumbar la casa por arriba y por abajo. Yo construyo y Dios destruye. Él fue el que hizo la lluvia. ¡Ah Entelequia Dañina, que nos mandas tantos males! ¿Por qué no te llevas el agua que sobra en Colombia para el desierto del Sahara?

Ya no duermo y voy a dejar de comer y a entrar en el endura. Total, mi perra Quina no queda huérfana: ya murió. Además ni me quería. Argia sí, la Bruja sí, Kimcita sí. ¿Pero de veras me querían? Me moriré dudando del amor de todas ellas y cargando con sus muertes dolorosas. Pero yo las amé infinitamente: de Medellín hasta la estrella Alfa del Centauro, y d'iái hasta el último confín de la última galaxia. No importa que a uno no lo quieran: lo que importa es que uno quiera.

—Nosotras sí lo queremos.

—¿De veras? Júrenmelo.

—Se lo juramos.

—¿Desde dónde hasta dónde?

—Desde aquí hasta la Avenida Nutibara, que es hasta donde llega nuestro radio de acción. Descanse ahora. Duérmase, duérmase, duérmase... Arrurrú mi niño...

—Si me duermo, me muero en el sueño.

—Va a ver que no, morirse no es tan fácil. Descanse un rato.

—¿De qué?

—De los demás.

—Será de mí...

—Nosotras no de usted. Nosotras lo queremos.

—Segunda obra de misericordia despúes de la caridad sexual: ayudar a bien morir al moribundo.

—Usted no se está muriendo.

—¡Cómo no me voy a estar muriendo, si tengo un infarto! Me duele aquí, en el costado derecho. Siento un dolor terrible.

—Si le duele en el costado derecho, no puede ser infarto porque el corazón está en el izquierdo.

—Pues tendré el corazón en el derecho. O el dolor me está irradiando desde el izquierdo. Vayan a la farmacia de la 39 y me compran unas aspirinas, para disolver el coágulo.

—No nos las van a vender. Va a tener que ir usted.

—Ya no puedo. No tengo fuerzas para cruzar la calle.

—Ninguna calle. Se va por la acera.

—¿Y la Circular 77 qué, no hay que cruzarla? ¿O es que ya le puso puente peatonal o semáforo el hijueputa alcalde? Pasan carros, buses, motos, por millones, por trillones, aceleran, no frenan, vuelan, zumban como saetas. Colombia no respeta al vivo, mata. Mejor me muero aquí.

—Shhhhh. Déjenlo que se está durmiendo.

—¿Y si se está muriendo?

—No se está muriendo.

—Sí se está muriendo. Toque y verá. Tiene fiebre.

—Que no se está muriendo, yo soy la que sé. Déjenlo descansar que no es más que la tensión que le produce la reconstrucción de la casa.

—Ni estoy dormido ni tengo fiebre, estoy despierto y lúcido. Van a ver lo linda que me va a quedar Casablanca. Le voy a probar a Colombia que conmigo no puede. A mí no me hunde esta maldita, la peor hija de la veintena de malnacidas que parió España. La más mezquina. La más dañina. La más mala. ¿Cuántas goteras hay? Cuenten los charcos a ver. ¿Cinco? ¿Diez?

—Da lo mismo cinco o diez. De todos modos el que se suba a coger las goteras, sea una o sean diez, le va a quebrar las tejas.

—Me subo yo.

—Le da un vahído y se cae. Como el chofer de Ramiro Castro que estaba pintando una viga montado en una escalera y lo tumbó el síndrome de Ménière. Cayó y murió. Ramiro, buen patrón, lo enterró y pagó el entierro. ¿Pero a usted quién lo va a enterrar? Lo meten sus albañiles en el hueco de la escalera, lo tapian a piedra y lodo y listo, venden a Casablanca por lo que les den para un edificio y se la parrandean en aguardiente, putas y marihuana. El colombiano de a pie es calculador y traicionero.

—Por eso los mendigos de votos de la democracia como Sergio Fajardo y Antanas Mockus, los antonomásticos, los ponen a votar y luego, no bien suben y se horquetean en el acimut de sus ambiciones, les dan su muy merecida patada en el culo. Hacen bien. Y conste que defiendo y quiero a los pobres.

—¡Cómo no los va a querer si usted es incapaz del odio! ¿Y por qué le cogió tirria a la mujer?

—Porque pare al hombre.

—¿Y qué sería del mundo sin hombres?

—Un mundo sin mujeres.

«Puta» se les enseña a leer así a los niños: *pe* y *u:* pu; *te* y *a:* ta; *pu* y *ta:* puta. Frases con la actualización de la palabra *puta* para las nuevas cartillas infantiles:

«Cuando la puta habla gesticula.»

«Cuando la puta gesticula arma remolinos de viento.»

«La puta llegó al Congreso. Está feliz.»

«La puta que hoy mama del presupuesto quiere seguir mamando mañana.»

«Puta gesticuladora es pleonasmo. Y puta falsa también.»

«Mientras más gesticula una puta, más falsa es.»

«Candidata a puta ya es puta.»

«La puta no se hace: nace.»

«Puta que no nace puta es que mamó su vocación en la leche de su madre.»

«Puta lesbiana ante todo es puta y después lesbiana.»

«Hijo de puta: hijueputa. Hijito de puta: hijueputica.»

«El poder le quita el sueño a la puta.»

«Mujer pública y puta son sinónimos.»

«Puta que muere, Dios es amor.»

«Murió la Thatcher, la más grande puta de Inglaterra después de la reina, que va en camino.»

«Puta fuera del puesto da igual: ex puta.»

«Las putas vinieron para quedarse.»

«El buen ciudadano no mata putas. Dios se encarga.»

«La lluvia cae, la rueda gira, miente la puta.»

«Una puta esmirriada dirige el FMI.»

«Puto: marido de puta.»

«Habrá putas hasta que san Juan agache el dedo.»

«Mejor puta de amiga que puta enemiga.»

A mis lectores serbobosnios paso a explicarles qué son los vendedores de minutos porque de eso sólo hay en Colombia, y en Serbobosnia ni se los imaginan. Son hombres o mujeres del pueblo que se ganan su exiguo pan de cada día con unos cuantos teléfonos celulares, tres o cuatro, no sé bien, de a uno por cada compañía de telefonía móvil que haya en el país, a las que les compran al por mayor un gran número de minutos, muy baratos, para revenderlos al por menor, más caritos. Son pues revendedores de tiempo telefónico: «de minutos». Llega usted y les dice: «Márqueme el número tal». Y ellos se lo marcan y cuando contestan le pasan el celular a usted para que hable. Pero no se lo entregan del todo porque lo tienen amarrado al cuerpo con un alambre grueso de tirabuzón, como un cordón umbilical, no vayan a ser tan de malas que se le dañe el corazón a usted y arranque en veloz carrera con el bebecito.

—¿Y es que allá la gente no tiene celular de tan pobres?

—Sí tienen, pero para recibir llamadas. Lo que no tienen es crédito, «minutos», para hacerlas. O bien algunos de plano no tienen celular como yo, que soy del tiempo de Edison.

—Entonces si no tienen «minutos», sí son pobres.

—En su mayoría sí, pero no uniformes. Allá encuentra usted diversidad grande de pobres: rebuscadores, mendigos, desempleados, desplazados, damnificados, reintegrados...

—¿Qué significa «rebuscadores»?

—Ladrones. «Rebuscarse» es trabajar en lo que sea, un eufemismo para no decir «robar» pues allá no sólo no hay trabajo sino que nadie quiere trabajar. ¡Para eso trabajó Dios seis días! He ahí por qué nos llaman «el país de la felicidad». En las encuestas que hacen sobre la felicidad en los ciento noventa y ocho países del mundo punteamos, seguidos de Suiza, el país de la banca, donde no hay ladrones porque la ladrona es Suiza entera.

—Y teléfonos públicos, ¿todavía quedan en Colombia?

—Todavía, pero no sirven. Todos están bloqueados. Llega un gamín, les pone un chicle en la ranura por donde devuelven las monedas y listo, bloqueado. Échele usted las monedas que quiera que el gamín después las recoge: vuelve en una hora, le quita el chicle, y el aparato le orina un chorro de monedas.

—¿Y qué es un gamín?

—Un niño de la calle, pobre, sucio, abandonado. Los usan para el sexo, pero ellos están contentos. En Estados Unidos les levantarían un «memorial», como les dicen allá. ¡El Monumento a los Sobrevivientes del Abuso Sexual! Si a ésas vamos, norteamericanos, a mí me van a tener que levantar uno para mí solo. ¡Y del tamaño del de Lincoln porque es mucha la caridad sexual que hice!

—Y el día en que se acaben los vendedores de minutos, ¿qué hace usted si se le ofrece llamar de urgencia por teléfono?

—Para ese día ya a mí también se me acabaron los minutos.

¿Pero por qué estoy hablando de vendedores de minutos? Contestame, Diosito, por Dios, no te burlés de mí, tené compasión. ¿O es que ya me mandaste a Alois Alzheimer? Ah, sí, ya me acordé, toco madera. Estoy hablando de esos ganapanes por una conversación que oí en el Parque de Bolívar y que les quiero repetir a mis lectores serbobosnios para que sepan lo que es bueno. En el costado sur del Parque de Bolívar (donde Junín se cruza con Caracas por más señas), bajo un guayacán que los protege del sol y de que los caguen los pájaros, hierven los vendedores de minutos. Una tarde al caer el día le pedí a uno que me hiciera una llamada. Tenía mi minutero sus cuatro teléfonos ocupados (y atados, claro, con sus respectivos cables a sus respectivos clientes) y tuve que esperar. Todos jalando los cables para alejarse de los demás y hablando a gritos, pero uno más que los otros: un barrigón enfurecido, como los que producía Colombia en la época de mi niñez que los historiadores llaman «de la Violencia» con mayúscula, y que tumbaban cabezas con machete. Un saltapatrás producido con azufre y lumbre en el crisol de razas de esta patria. ¡Uy, qué miedo! ¡Que no vuelva la Violencia a Colombia, Diosito, o mejor dicho que se vaya! Cierren los ojos, serbobosnios, para que vean la escena. Y aguzen los oídos, oigan. O «escuchen», como dicen ahora. «¡Vieja tetrahijueputa! —le gritaba a alguien en el celular alquilado el saltapatrás asesino—. Te voy a degollar con un cuchillo de carnicero y a picar en trocitos para rellenar morcilla. No sabés con quién te metiste, malparida. Y decile al man que este año no va a comer natilla con buñuelos».

El vendedor de minutos oía como yo, pero impasible. Hagan de cuenta una pared oyendo llover. La conversación terrorífica era de lo más normal para él, estaba dentro del orden de las cosas. El barrigón bien podía cumplir su amenaza de matar a la mujer, pero también podía no cumplirla y no matarla. O bien no matarla hoy sino mañana. Total, todos nos tenemos que morir algún día. Además Colombia es buenísima para reemplazar a los muertos. Entierran uno y nacen diez. Brotan de la tierra como hongos venenosos. Y salen iguales, con los mismos diez dedos en las patas y las mismas mañas. Reencarnan.

—¿Y qué es un «man»?

—Pues un hombre, un tipo, un «tío» como les dicen en España. Es que en Colombia hablamos inglés.

—No entiendo lo de la natilla y los buñuelos.

—Mire, le explico: el 24 de diciembre, día del nacimiento del Niño Jesús, es el más feliz de Colombia, nuestra fiesta máxima. Ese día para celebrar comemos natilla con buñuelos. La natilla es un dulce de leche con canela que se hace en unas pailas grandes revolviendo, revolviendo, revolviendo, muy complicado de explicar y más de hacer. Y los buñuelos son unas bolas de harina de yuca con queso, fritas.

—¿Y por qué no va a comer el man natilla con buñuelos en la Navidad? Sigo sin entender.

—¡Porque antes lo van a matar, y los muertos no comen! Ni natilla ni buñuelos, ni en Colombia ni en Serbobosnia, ni en Navidad ni en día normal.

—¿Y por qué el gordo quería matar al man?

—Ah, eso sí ya no sé. Le cuento lo que oí. Usted elucubre, imagine. ¿O es que los serbobosnios son unas mansas palomas?

Si en tripas tiene el ser humano cuatro metros y medio de largo, a saber, uno y medio de intestino grueso y tres de intestino delgado, y somos siete mil millones, ¿cuánto en tubo de inmundicias tiene la humanidad en conjunto? Treinta y un mil quinientos millones de metros, o sea treinta y un millones y medio de kilómetros, o sea cuarenta y cinco viajes de ida y vuelta a la Luna. Esto en términos de las distancias cósmicas no llega ni a un pelito de Sansón, pero en términos de moral, de los animales que se come ese bípedo puerco que se cree el rey de la creación, y del sufrimiento que les causa a sus inocentes hermanos, me sirve en mis mediciones para ir midiendo la Infamia Inmensa de Dios.

Nada de infarto. Lo que tenía la otra noche era terror. ¿Pero a qué? ¿A la Muerte? ¡Cómo me va a dar terror la que acaba con el terror! Terror le tengo a la hijueputez humana... En Colombia lloverá, pero bajo sus aleros me escampo.

—Ya sé que allá llueve mucho. Leí que en precipitación pluvial ustedes están de primeros, seguidos del Congo.

—¿Del Congo? Mire. El Congo no nos llega ni a los tobillos. La precipitación pluvial media de Colombia en la región del Atrato medida con pluviógrafo es de doce mil milímetros al año. Y la del pobre país negro que usted dice, mil setenta.

—¿Doce mil milímetros la de Colombia? ¿O sea doce metros? ¡Carajo! Ustedes sí viven en pleno diluvio universal.

—Por falta de agua no nos podemos quejar. No sabe lo hermosas que se han puesto con la lluvia las enredaderas de Casablanca...

—¿Casablanca, Marruecos?

—¡No, hombre! Estoy hablando de Medellín Colombia, la del cártel.

—¡Ah!, donde hay «vendedores de minutos».

—¿Y a usted quién le contó?

—Un serbobosnio.

—¿Y de dónde es pues usted?

—Noruego.

—A los noruegos les encanta Medellín. Dese una pasadita por allá cuando pueda y va a saber qué es la dicha. Tenemos un Parque Lleras fabuloso, donde la gente desayuna, almuerza y cena prepagos. *Delicatessen*.

Mientras camino por la Avenida San Juan buscando dónde comprarle un taladro a mi carpintero que vendió el suyo para comprar aguardiente, pienso, divago. Pienso en lo uno, pienso en lo otro... Recuerdo a uno, recuerdo a otro... Lloro por uno, lloro por otro... Maldigo a uno, maldigo a otro... Trato de entender la luz, la gravedad, por qué Dios es tan Malo... Cositas así. Imposible. No lo logro. Son misterios. Tengo el alma hecha un caos. No sé si usted también, o si es peculiaridad de los que compramos casa. Al presidente lo odio. Acaba de entrar y ya se quiere reelegir. ¿Cómo es que se llama el hijueputa? César no. Andrés no. Álvaro tampoco.

—Acordate entonces del apellido, que de ahí te agarrás para el nombre. Pedile a Dios.

—No le pido. Ese Viejo no sirve para un carajo. No más para mandarnos males.

¡Y la maldita corrección gramatical que no me deja respirar! La heredé de Rufino José Cuervo, que murió hace cien años y está enterrado en París. Pues desde su tumba de París me persigue sin dar tregua, como una sombra. ¿Decir por ejemplo «el asqueroso de Rajoy» es pleonasmo? Yo digo que sí, don Rufino, porque con «Rajoy» solo basta. ¡Maldita sea la gramática! Por andar metido en los berenjenales de esta ciencia antigua y boba y comprándoles taladros a borrachos, un día de éstos me mata un carro. A no cruzar pues las calles por la mitad, viejito, sino por el semáforo, cuando se ponga en rojo y después de contar hasta diez, no vayas a ser tan de malas que se te eche encima un carro que no alcance a frenar y te mande al juicio de Dios con todo y taladro. Buenos propósitos que en la siguiente esquina destruye la realidad. En el cruce de San Juan con la Avenida Nutibara y tres calles más, un laberinto endemoniado, no hay semáforo. ¿Por dónde cruzo? ¿El semáforo que falta me lo saco de la manga como un conejo, o qué? Aquí el que maneja tira a matar, así mate sin darse cuenta a su madre. ¡Y qué importa! Madres aquí es lo que sobra. En lluvia y madres Dios con nosotros sí ha sido muy bondadoso. Bendito seas, Señor. «Madre muerta atropellada por hijo» titulará *El Colombiano,* el pasquín de Medellín que lleva noventa años imbecilizando a Antioquia y que ni fumigándolo con polvo atómico se acaba, como las cucarachas. ¡Pobres las cucarachas! Otra prueba de la Maldad de Dios.

—¿Y Antioquia qué es? ¿Con qué se come?

—Antioquia no se come, serbobosnios, ella come. Come y come y no para. Y bebe y bebe y no para. Y pare y pare y no para. Pero trabaja. Es el departamento más trabajador de Colombia, que de por sí es un país trabajadorsísimo.

—¿Y qué cultivan?

—Los días de ocio. De fiesta en fiesta y de puente en puente trabajamos todo el año. Descansamos el día del trabajo, eso sí. En puentes estamos en primer lugar. Tenemos más que lluvia.

—¿Hay capitalismo?

—Mucho. Muchos explotadores e infinidad de explotados.

—¡Pobre gente! Son los ofendidos y humillados de este mundo. Hagan la revolución.

—Va a tocar. Pa poner a trabajar al patrón que lo único que hace es fuerza y pagar quincenas.

—¡Qué! ¿No les pagan semanalmente? ¡Ladrones! Les están jineteando el dinero.

—Y otra cosa que cultivamos mucho es la amistad. Hoy te damos un regalito, mañana otro, la semana entrante otro... Y cuando estés bien desprevenido... ¡Tas! Te damos tu buen sablazo: «Prestame tanto». O sea «dame», porque allá nadie paga. Y si les cobrás, te mandan al de la moto.

—¿Y quién es el de la moto?

—Un sicario.

—¡Qué perífrasis más ingeniosa! Ustedes sí tienen una gran imaginación lingüística.

—Eso sí. Modestia aparte, nacimos tocados de la mano de Dios en lenguaje.

Ah, y favor que te hagan en Colombia te lo cobran multiplicado por diez, a lo Pablo Escobar el narcotraficante, el más grande educador que ha tenido esta raza. Él fue el inventor de los sicarios. Un altruista, pues, que les dio trabajo a una infinidad de esos muchachos... Tas, tas, tas, tas. Cantaban las ametralladoras y a mí se me encendía el alma. ¡Puuuum! Un edificio que explotó. Que Dios lo tenga en su gloria.

—Hizo mal en venirse de México. En quince días aquí lo tuestan.

—Amigo Argemiro Burgos: permítame que me ría. Yo ya estoy curado de espantos. Y a usted ya lo mataron, en su apartamento de la Avenida La Playa, Edificio Los Búcaros, o en el de al lado, ya ni sé, y dos veces no se puede matar a un cristiano. Vuelva a su tumba y despreocúpese de los que quedamos, que bien que mal aquí vamos toreando la plaza. Termino a Casablanca, me instalo en el patio de la hiena en acompasada mecedora, prendo el surtidor, me conecto a mi iPod, ¡y a rascarme las pelotas y a oír las «Noches en los jardines de España» de don Manuel de Falla!

Los muertos para mí no cuentan porque ya no están. Los que vengan en el futuro tampoco porque todavía no están. Y los de este instante tampoco porque no los veo, y lo que no veo para mí no existe. Lo que veo en este instante son las dos parras hermosas de Casablanca, que trepan por los muros de sus patios cubriéndolos de verde, color de loro. Y el resto es vacío, nada. Aguantaré hasta ver las parras llenar los muros y llegar al tope y después decido. Por lo pronto, aguanto. A mí Colombia ésta no me la gana. Vas a ver que conmigo no podés, mala patria. Ya nació el que te dijo «¡Basta!».

—¿Ya nació? ¿O ya se va a morir?

—Como quieran. La vida dura un instante.

—Conclusión: usted odia a la humanidad. ¿Por qué no se mata?

—Por no darles gusto a los hijueputas.

Prueba número 1 de que no tengo el mal de Alzheimer: que me acuerdo del nombre de ese doctor. Prueba número 2: que ni la más vieja ofensa se me borra. No soy como Cristoloco el estulto que decía que hay que poner la otra mejilla. Este hombre tonto y malo, que ya murió pero que resucitó y entre curas y evangélicos por ahí anda, le sacó los demonios a un endemoniado y se los pasó a una piara de cerdos, que corrieron enloquecidos a echarse al mar. ¡*Mascalzone, miserable*! Mataste a unos desventurados animales que creó tu papá, el Padre Eterno. El día que te encuentre por la calle, en una iglesia, en una discoteca, en un burdel, te doy tu buena paliza en las nalgas.

No decíamos «Santa Anita» con las dos palabras separadas, sino «Santanita», con las dos juntas. Como tampoco decimos hoy «Gonzalo Correa», sino «Gonzalocorrea». ¿Y quién tiene la razón? ¿Los españoles que hoy las dicen separadas? ¿O los colombianos que las decimos juntas? Pues los colombianos. ¡Cómo va a tener la razón un español sobre un colombiano! Los españoles son cerriles, brutos, tercos. Si les da por decir «Gonzalo Correa» separado, ni a mazazos los ponemos a decir «Gonzalocorrea» junto. Están en bancarrota, quebrados. Se gastaron lo que no tenían y de amos que se sentían ahora van a volver a ser esclavos. Un empujoncito más y se hunden. ¡Que se hundan, que se jodan los euracas! Y ojalá que por la deriva continental se sigan separando de nosotros y nos queden en las antípodas. Nos alejamos de ellos a razón de un centímetro por año. Será poco, pero vamos *in the right direction*.

—Y cómo es lo correcto: ¿las antípodas o los antípodas?

—Si yo dije «las» es porque son «las», gachupín necio. ¡Ay, dizque «subir p'arriba», «bajar p'abajo», «voy a por el pan»! Bendito seas, Bolívar, que nos libraste de éstos. Que te bendiga Dios y te sigan cagando las palomas.

Somos siempre los mismos, hoy como ayer y ayer como mañana. O si prefieren, y por darles gusto, que sea al revés: cada día que pasa somos distintos. Hoy un poquito distintos, mañana otro poquito, pasado mañana otro poquito... Es la deriva continental de las almas. ¿Dónde habrá quedado el niño que fui? Yo digo que anclado en Santanita. Raquel Pizano, abuela, te espero en la entronización del Corazón de Jesús en Casablanca, que ya casi está terminada. Invité al padre Ferro a que me lo entronice. El padre Ferro, ¿te acordás?, el salesiano venezolano que me bautizó... Un curita de los de antes, de los que sabían latín...

La mente de los que pensamos, es a saber hombres y animales, es un caos cambiante. Y yo cuando avanzo retrocedo. Y mientras más viejo estoy cargo con más muertos. Y miento cuando digo que lo que no veo no existe. ¿Y los mataderos qué? ¿Y los carniceros qué? Son los sicarios de Cristo, que me están acuchillando el alma. De Cristo el Cordero. ¡No maten, matarifes, por lo menos a los corderos, o no se las den de cristianos! Para matar ahí tienen a sus madres. Y a asarlas por lado y lado en parrillada argentina y a comérselas —sangrantes o término medio, según los gustos— con chimichurri: ajo, perejil, ají, vinagre y sal.

—¿Listo para cruzar el charco negro de la noche?

—Sí, mis muchachas.

—Hoy se ve más animado. ¡Claro! Como ya casi acaba... ¿Cuánto le falta? ¿Un mes? ¿Dos? ¿Tres? Van muy bonitas las parras. Cuando den uvas algo habrá aquí de comer... ¿Cuántos muertos más ha anotado en su libreta últimamente?

—Uno solo: José Luis Cuevas. Un pintor de mamarrachos.

—¿Y de qué murió?

—De ancianidadególatra.

—¿Y le faltan muchos por anotar?

—Mil quinientos.

—¿Tantos?

—Ni tantos. Ya salí del bloque principal. Los que me faltan me irán fluyendo desgranados, como avemarías de un rosario. Ley de la vida: mientras más viejo el viejo, más muertos. Me instalo en la mecedora a ver crecer las parras y a abultar la libretica hasta que reviente.

—Se ve dichoso. ¡Qué descansada vida la que lleva el jubilado! Ustedes los humanos sí se la pasan muy bueno. Comen, beben, duermen... No les ponen trampas, no los persiguen con escobas, no les traen gatos...

—Aquí tienen, niñas, su casa. Comida no habrá pero sí dormida y agua potable. Agua purísima de dos cantarinas fuentes de almas limpias.

—¿Qué pasó en últimas con el mudo, su chofer?

—Lo mataron.

—¡Uy, qué miedo! ¿Y con el carpintero borracho?

—Lo mataron.

—¡Uy, qué miedo, qué terror! ¿Y con el plomero que le robaba?

—Lo mataron.

—No nos vaya a decir que usted los mató...

—Ganas no me faltaban, pero no. ¡Quién sabe quién!

—Entonces también ustedes viven en la zozobra...

—Aquí los únicos que no peligran son los muertos. Ya cruzaron la línea roja.

—¿Y cómo anotó al chofer?

—En la eme de mudo: «Mudo el». Con el sustantivo primero y luego el artículo.

—¿Y al plomero?

—En la pe: «Plomero hijueputa».

—¿Y al carpintero?

—En la ce: «Carpintero hijueputa».

—¿Y usted lee de vez en cuando su libreta? ¿Sí la repasa?

—Tanto como ven las fotos que toman con sus celulares los muchachos de ahora. Nunca. Foto tomada se agota en sí misma. Y los muertos igual. Muerto que anoto, muerto que olvido. Me despreocupo de él. Gracias, Diosito, ¡ya salí de otro!

—Y a usted, ¿qué mano caritativa lo va a anotar cuando cruce la línea roja?

—La mía. Ya me anoté. Me puse en la última línea de la última página. Me falta ahora llenar hasta ahí. Quince hojas. Con una buena cosecha...

—¿Y cómo se puso?

—Me puse «Yo».

—¿Y usted quién es?

—Yo soy el que dice «No».

—Entonces se equivocó. En la última línea ha debido poner: «No».

—¡Qué idea tan genial, muchachas! Voy a acabar entonces la libreta con la palabra «No». «No» con mayúscula.

«Se murió el señor No, don No. Tenía noventa y cinco años. *El Colombiano,* que tanto lo quiso, invita a sus exequias.»

«Exequias» está bien. «Entierro» es muy vulgar y «funerales» muy gringo. A enterrar a los muertos, pues, paisanos, y a seguir cuidando el idioma. Y me llevan hartas flores. Miles y miles y miles de flores. Y frente a Casablanca me hacen en la noche una velada con velas. Velas y velas y velas. Nada de elogios. Que en los discursos que me pronuncien se me superen en los insultos. Y no me vayan a decir «pedófilo», que suena feo. Mejor «pederasta». ¡Pero cómo llamar pederasta a un niño que practicó la caridad sexual con los ancianos! ¡Ése lo que es es un santo! Préndanle velas. Más velas. Y a rezarme, paisanos. Y si queman a Casablanca con las velas, ¡quémenla, que muerto el dueño se murió la casa!

¡Ah con los viejos! Se les cae el pelo, se les va la memoria, les crecen las orejas, les sale engrudo en los pies... Si no se ponen calcetines o medias, se les pegan los pies a las plantillas de los zapatos como pegamento atómico. Secretan un pegante viscoso tan adherente, que hagan de cuenta el del Hombre Araña. Si quisieran, podrían caminar por las paredes. Pierden el sueño y el apetito y se les pudre el genio y se vuelven groseros, hoscos, aunque por lo general conservan la fe. Se agarran a Dios y a la otra vida como las garrapatas a las vacas. No las sueltan. ¿Y qué van a hacer en la otra vida?, pregunto yo. En la otra vida no hay periódicos, ni televisión, ni putas, ni Internet. Es el desierto desolado de las almas. Cantando y cantando el muerto todo el santo día entre los angelitos de Dios. ¡Dios me libre de su otra vida! Toda para Él.

—¡Tun! ¡Tun! ¡Tun!

—¿Quién es? ¿Quién toca?

—Soy yo, la Muerte.

—¿Venís a pedir limosna, o qué? Vieja puta. Hoy no hay. Volvé mañana.

Me asomo a la puerta a ver y nada: viento. Viento soplando páginas de *El Colombiano,* con las que nos limpiábamos el trasero para no gastar en papel higiénico in illo témpore. Ya no. Los antioqueños nos hemos vuelto despilfarradores. Pablo Escobar nos dio el mal ejemplo. O mejor dicho el bueno. ¡Cómo no va a ser mejor ganarse uno millones con la coca y matando uno que otro, que echando azadón de sol a sol en el campo! O en las oficinas de la DIAN con el culo aplastado atendiendo público todo el santo día como el santo Job... Nooo. Lo bueno es lo bueno y lo malo es lo malo. «Qué descansada vida la del que huye del mundanal ruïdo y sigue la escondida senda por donde han ido los pocos sabios que en el mundo han sido», dijo fray Luis de León. Sin una esperanza, sin un aliciente, ni nada que hacer. Veee... Me salió también en verso: un terceto en hexasílabos. Soy como Ovidio, ¡poeta! *Quidquid tentabam dicere, versus erat.*

—Joven: ¿no ve que me está manchando la pared?

Tiene las manos enlodadas de sacar pantano del caño, y va y se recarga el decadáctilo con su montón de dedos mugrosos y me los estampa en el muro que con sudor de sangre pinté ayer. ¿Cuándo termino a Casablanca con albañiles de éstos? La tela que hoy teje Antonia mañana se la desteje Cátulo. Son malos. Nacieron para hacer el mal. «El pueblo es mierda, se caga en todo.» ¿Quién dijo? Dije yo. *Populus stercus est. Excrementitius, flatosus, flatus colligit et vomitiones concitat.* ¿Qué mal o crimen habrá que no hayan concebido? *Quid mali aut sceleris fingi aut cogitari potest quod non ille conceperit?* Capaces de matar, salen a votar. Se bañan y siguen oliendo a diablos, al peor infierno. Emiten miasmas, emanaciones, fetideces cadaverosas. *Immundus et odor stercoreus, atque in pessimis infernis sicut cadaverosus.* Dame paciencia con ellos, Dios mío, son mi cruz. «Anciano iracundo mata a humilde obrero con un mazo», titularía *El Colombiano.* ¿Darle yo una oportunidad a este pasquín mierdoso? Jamás. Que llenen espacio con su Virgen María. ¿Cómo es que se llamaba el asqueroso viejo que fundó el pasquín? ¿Cómo? ¿Cómo? ¿Cómo? Tenía gafas. Le hicieron en la calle Junín una estatua. Una estatua con gafas. Le robaron las gafas. Hay que tumbar la puta estatua. Vuelvo al iPod.

Pedro Infante, Fernando Rosas, Daniel Santos, Alci Acosta... Estos genios que un día entonaron hoy me siguen cantando desde sus tumbas en mi iPod o alma. Aquí estoy para no dejarlos morir del todo. Mientras viva vivirán. Ninguno pasó por el conservatorio. Los produjo la tierra, como las flores. No como los tres tenores, que sí pasaron por la escuela del do de pecho. Quedan dos vivos: un canceroso y un zarzuelero. El gordo sudoroso, que salía siempre con un pañuelo, tiró el pañuelo y cavó fosa.

—¡Tun! ¡Tun! ¡Tun!

—¿Quién es? ¿Quién toca?

—Soy yo, la Muerte. Una limosna por el amor de Dios.

—Hoy no hay nada. Llevate a los dos tenores y calmá con ellos tu hambre. O andá pedile a tu Amo que te parió. ¡Mamona de la teta pública, Rajoya, lacaya!

Dizque me iba a llevar de un infarto. ¡Infarticos a mí! Mamaderitas de gallo. Aún no ha parido la Tierra a la que le ponga punto final a este librito. Lo vivo con delectación. «Muere autor envenenado por sus propias frases», titularía *El Colombiano.*

—Aplíqueme el rayo láser, doctor Barraquer, que estoy viendo muy mal por el dedo izquierdo. Perdón. Por el ojo izquierdo. Tengo excrecencias oculares. Proliferación de células parásitas. Démeles su buen barrido de láser a ver si se van.

O me quita el láser la nube, o me deja ciego. O todo o nada. Yo soy así. Juego mi destino a lo que diga una moneda. En Colombia, «a cara y sello». En México, «a águila o sol». ¿Cómo se dirá en serbobosnio?

—¡Tun! ¡Tun! ¡Tun!

—¿Quién es? ¿Quién toca?

¡Carajo! Tocando a semejantes horas. No acaba de salir el sol y ya empieza la jodienda.

—¡Requisición de la DIAN!

—¡A cobrar sí madrugan! Échela por la reja. O mejor por debajo de la puerta, no se me la vaya a llevar el viento de ocioso.

Sale uno a abrir para recibir en la mano y lo atracan. No importa. Mejor tener la plata invertida en una casa, que es física y se toca, existe, ahí está, y no en el banco, que se la roba. Ayer tu saldo estaba en millones, hoy amaneció en ceros. Lo mismo les da borrar un peso que un billón. De la inmensa nube de dinero inexistente o virtual que hoy gravita sobre la Tierra como una espada de Damocles, te borran con un clic en menos de lo que canta un gallo. En lo que da una vuelta el minutero. ¡Qué digo gallo ni minutero! En lo que cuenta un segundo el segundero. ¿Y a quién recurres? ¿Quién te defiende del atracador? ¿La Superintendencia Bancaria? Más defiende el hijo muerto el honor de su madre mancillado por *El Calumniano*. El ser humano está tan indefenso ante el Banco como ante la Muerte o Dios.

—¡Y yo confiando en la Superintendencia Bancaria! ¿No está pues esa institución tan prestigiosa para regular a los banqueros y proteger al cuentahabiente?

—Yo no soy cuentahabiente de nadie. A mí no me llame así. No me insulte, no me ofenda, que yo a usted lo trato con respeto. Yo soy el que soy. No me ponga etiquetas. Y en Colombia el Estado está para atracar, no para regular. Y para emitir leyes. Putas leyes.

Y mientras nuestra primera dama, la Ley, la gran ramera, legisla adentro de los socavones del Congreso o cueva de Alí Babá, afuera ondea al aire la bandera, nuestro trapobandera. Tres colores tiene la bobalicona: amarillo, azul y rojo. El amarillo simboliza nuestras riquezas; el azul, nuestro cielo; y el rojo, nuestra sangre derramada. Si a sangre derramada vamos (por la puta, por la coca, por la rabia, por la tierra o por lo que sea), propongo una bandera sólo roja. Saltapatrases, hijos de la monstruoteca, productos de la vagina infecta: salieron por donde le entró a la puta el palo. «Amarillo, azul y rojo, colorado tengo este ojo», decíamos en la escuela. ¡Ah, cómo quise a Colombia de niño! ¡Cómo la quiero de viejo! ¡Cómo me moriré queriéndola!

Sea cura o papa, príncipe o rey, alcalde o presidente, quítele el disfraz al *Homo sapiens* y le queda vuelto el *Simius mendicus*. ¡Qué feo es el mono lúbrico en cueros! Feo el macho con su tripa colgante, y fea la hembra con su par de ubres o tetas. ¡Dizque el Rey de la Creación! ¡Qué espantajo el papa en pelota! ¡Y la reina de Inglaterra! Esa zángana a la que se le arrugaron las nalgas de tanto sentarse en el trono, que no quiere soltar. Con razón la sociedad rechaza el desnudo. Y con la verdad pasa igual. La verdad desnuda no la aguanta ni misiá hijueputa.

—¿Y quién es esa «misiá» que tanto mienta?

—No sea español, no sea bruto. ¿No ve que es un modo de hablar? Como cuando usted dice «si Dios quiere». ¡Cuándo ha visto que lo que no existe quiera! Este idioma es más grande que España, que usted, abra las entendederas.

La pesadilla de Kafka era despertarse convertido en un insecto. La mía es haber despertado convertido en un ser humano. Trato de acomodarme a los monstruos. Con ellos vivo. Me ahogo en su pantano.

¡Y estos mamarrachos jóvenes agitándose y berreando ante un micrófono que jalan de un cable haciéndose los que cantan y bailan! ¡La puta que los parió! La anglosajona. ¡Qué temporadita he pasado en el infierno! Apiádate de mí, señora Muerte. Llévame ya.

—En cinco minutos te caigo. Ya llego. Colgá el celular y abrime la puerta.

—¡Pero cómo me vas a llevar sin terminar la casa! Esperate un poquito, mujer. Date una vuelta por el Metro.

Y en medio del dolor del mundo esta búsqueda de la felicidad a toda costa. ¿Por qué? ¡Con qué derecho! La felicidad del individuo en medio de la desdicha ajena es impúdica. Si la felicidad no es para todos, que no sea para ninguno. Y si la vida de los animales no vale nada, ¿por qué ha de valer la del hombre? ¿No es acaso otro animal? Un bípedo alzado que caga.

—¿Y la bondad y la nobleza de algunos?

—Exacto, «algunos». Florecitas del pantano.

Y no me vengan con que Cristo era bueno y noble y que redimió esta mierda. Era rabioso el ictiófago. Más frases para la cartilla de los niños:

«El bípedo carnívoro quiere ser feliz.»

«Cristo comía peces y nunca quiso a los animales. Usaba al burro para montar. Era malo.»

Y un silogismo con pregunta para Benedicto, que sabe: «Dios hizo al hombre a su imagen y semejanza. El hombre excreta. Luego Dios también». ¿Pero qué excreta Dios, teólogo Ratzinger?

—El Universo. *Universum stercus Dei.*

—¡Felicitaciones, papa emérito! Por fin ve claro. ¿Quién le quitó la venda? ¿La Madre Teresa, que al final perdió la fe?

El teólogo no cree en Dios. Se hace. Viven del cuento. Dios es su modus vivendi. Sin Él no comen.

El impostor Bergoglio, que me robó el cónclave sobornando a la paloma, rechaza el sacerdocio de las mujeres alegando que Cristo era varón. Ni varón ni hembra. Nada. No existió, cabeza de patata. Bien podés ir ordenando a esas viejas para que no jodan. Y casá a los gays, que son buenos: no dejan descendencia. Pichan y se van. Matrimonio de maricas dura poco, lo que un polvo. Dales gusto y casalos para que salgan en televisión besándose. Les arde el culo en ansias de figurar, de que los vean. Son protagónicos como vos, que salís a diestra y siniestra lavando patas y repartiendo a manos llenas tu pobreza. Hacés bien. El que no sale en la pantalla chica no existe. Plaza de San Pedro llena y no transmitida, plaza vacía. En cuanto a la tiara... ¡Al carajo con la tiara, que santo es más que papa! Yo soy más que vos, Bergoglio. A mí en Antioquia me rezan. ¿A vos dónde? En Argentina no valés un Maradona, el cocainómano castrista que puso a Dios a meter un gol con la mano. Argentinos tramposos, ladrones, se robaron los fondos de pensiones de los viejitos italianos. Se afanan lo que pueden, lo que agarran. Desde un mundial de fútbol hasta un cónclave.

—San No, el milagroso —me pide la chiquilla sonrojada—: conseguime novio.

—¿Cómo lo querés, reinita? Decime las características físicas y morales.

—Las morales no me importan. Las físicas.

—Te felicito. Empezaste bien. Primero tiene que tener la niña de donde agarrarse en caso de temblor de tierra, y luego el resto. Vas por buen camino. *In the right direction.* Que no te desvíen curas ni monjas.

Y la bendigo. Con una *nonchalance*... Tengo una mano bendita para las bendiciones. Salgo a la plaza y las voy regando como Lenin repartiendo panfletos: para acá, para allá, para más allá... ¿Se entrenará Bergoglio en el espejo? Tan brutico él, pero tan listo. ¡Conque Cristo era varón! Al Padre y a la paloma les nació pues un varoncito, un *maschietto*... Les quedó faltando la *femminuccia*.

¿Para qué querrá Dios que lo queramos? ¿De qué le sirve el amor del hombre a un Viejo tan poderoso? ¿Y para qué me sirve el suyo a mí? ¿Para terminar a Casablanca? La termino con mi plata. Más necesita Él de mí para existir que yo de Él para coronar mi mezquita.

—¿Y en los tragaluces de los baños qué va a poner?

—Vidrios antiguos de colores que conseguí en La Iguaná. Les di su buena remojada en agua con jabón, una frotadita con estropajo y cariño, ¡y listo el pollo, a despedir centellas! Me quedaron de ensueño. Venga le muestro. Fíjese qué preciosidad. El rojo es rojo; el azul, azul; el verde, verde. Puros como la luz. Sin telarañas ni manchas.

—Les hubiera dejado las telarañas... Les quitó la pátina del tiempo.

—¡Pátina la que tengo yo!

—Ya entendí lo que quiere: todo viejo pero nuevo.

—Exacto. El cromo del Corazón de Jesús lo tuve que traer de México porque aquí ya no hay. Los venden cerca al Zócalo. Allá siguen siendo muy religiosos. Mire qué divinidad de cuadro.

—Con su humilde marco...

—¿Resalta? ¿O no?

—¡Claro que resalta! Usted sí es un refinado... Le está quedando preciosa la mezquita.

Disfrazado de pastor de almas Bergoglio sale al balcón y bendice a la grey carnívora. No sabe latín, *ma parla italiano*. Oíme bien, *mascalzone*, prestá atención: no azucés más a la chusma a la paridera que ya no cabemos. Ya te llenaron la plaza, ya nos llenaron la taza, ¿qué más querés? ¿Es que no ves? En vez de multiplicar los panes estás multiplicando la pobreza. Un pobre produce más pobres, como un zancudo más zancudos y una langosta más langostas. Se reproducen a lo que les da la tripa. Pobre que come, pobre que picha; pobre que picha, pobre que pare. Un solo pobre es un foco de infección. Son una plaga, Bergoglio. Bendecilos. Fumigalos. Echale gas sarín al hisopo.

Prueba de fuego para Casablanca. Pongo a Bola de Nieve a lo que me da el aparato, y veo cómo se comportan las paredes. ¿Se rajan? ¿No se rajan? ¿Caen? ¿No caen? ¡Qué se van a rajar! ¡Qué se van a caer! Reverberan. Bailan. Están felices. «Ay mama Inés, ay mama Inés, todos los negros tomamos café.» Canta mamando gallo este negro gordo y genial acompañándose con su piano. Todo un artista. ¡Qué mamarrachos a su lado los tres tenores! «Pero Belén, Belén, Belén, ¿adónde andabas tú metía, que en todo Jesús María yo te buscaba y no te encontréee?» Jesús María no es un hermafrodita: es un barrio de La Habana por el que pasó García Lorca el asonante. El octosilábico, el folclórico, el taurófilo, que hubo que fusilar para callarle el sonsonete. Ya no podíamos con él. ¡Cuánto muerto, por Dios, en mi mansarda! Entran y salen por ella como Pedro por su casa. ¡Uf, huele a marihuana! ¿Quién estará fumando?

—Yo no, patrón. Son los viejitos. Se sientan en el antejardín a trabarse.

Salgo a ver. ¡Cuál viejito, si es menor que yo! Este albañil está ciego. Vuelvo a entrar.

—Yo no vi afuera a ningún viejito...

—Síííí. Ya tiene como cincuenta años.

—Cincuenta años son nada, güevón: dos tangos de veinte y uno de diez.

¡Qué jóvenes veo a estos viejos de ahora! Los viejos de mi niñez ya se murieron, y fuera de ésos para mí no hay más. ¡Cómo va a ser viejo uno de cincuenta o sesenta! Son jóvenes rebeldes de la era del rock que siguen en rebeldía. Se tranquilizan con marihuana. Antirreumático eficaz, antiglaucomatoso y abridor del apetito, la yerba bendita también tranquiliza. Yo no la uso ni la recomiendo, pero tampoco la persigo. Que cada quien haga lo que quiera con sus pulmones y sus neuronas. Y si es mujer, con sus fetos. Y si es marica, con su culo: que haga de él un garaje. «El respeto al derecho ajeno es la paz», dijo Juárez.

—Ya se fue el viejito marihuano —me informa el albañil impertinente, volviendo de echar un vistazo en la calle.

—Viejos los cerros y ahí siguen parados.

¡Qué prepotente es la juventud, se cree eterna! Y sí, como la vida, que se representa con cambio permanente de actores. Salen unos y entran otros. El efebo nalgoncito de hoy es el calvo barrigón de mañana. ¡Ah, pero eso sí, qué in-dispensables se sienten mientras bailan!

—¿Quién es ese viejo que se mira en el espejo?

—No es un viejo, es una máscara: detrás de ella estoy yo.

—¿Qué hace el que está detrás de la máscara y dice «yo»?

—Ensaya.

—¿Qué ensaya?

—El papel del viejo de la farsa. «No salgas de tu casa —dice en su primer parlamento— porque te tropiezas con la Muerte. No te quedes en ella porque la Muerte llega».

—Ponga la voz más hueca, más cavernosa, que reverbe-re. Como si el Eco se diera de topes contra las paredes con la cabeza diciendo «¡Tas!».

—¡Tas! ¡Tas! ¡Tas!

—Perfecto. ¡Qué actorazo!

Hoy domingo de Pentecostés amaneció Bergoglio con el verbo acantinflado, como si el viento que le sopla en la mansarda le soplara hacia el Norte pero hacia el Sur. Que «La economía —dice— existe para servir al hombre». Y que «Nos preocupamos de los bancos mientras la gente se mue-re de hambre». ¿A qué bancos te referís, loco? ¿Al mañosa-mente llamado Istituto per le Opere di Religione? ¡La puta dándoselas de señorita! ¿No ves, Bergoglio, que tu Banco Vaticano es un paraíso fiscal o lavadero de dinero sucio, como Liechtenstein o Suiza? No te hagás el despistado. Las cámaras lo filman mientras se le aborrega el rebaño en la plaza. «Preguntémonos —nos propone enseguida con zala-mería pastoral, untuosa, el pastor de almas—: ¿Estamos abiertos a las sorpresas de Dios? ¿O nos encerramos con miedo a la novedad del Espíritu Santo? ¿Estamos decididos a recorrer los caminos nuevos que la novedad de Dios nos presenta, o nos atrincheramos en estructuras caducas que han perdido la capacidad de respuesta?». ¿De qué estás hablando, por Dios, pitonisa? ¿Y de quién, hombre doble, jesuita y franciscano, moneda de dos caras? ¿Hablás de Dios, o del Espíritu Santo? Si te referís a una sola persona, no le pongás dos nombres, que confundís al rebaño. Y si te referís a dos distintos, decilo claro: que Dios no es el Espíritu Santo sino su cómplice. ¿Con qué novedad nos saldrá ahora esa cosa que llamas «Dios»? ¿Con un terremoto? ¿Con una hambruna? ¿Con un tsunami? «El Espíritu Santo —sigue diciendo el sibilino, atando confusiones a confusiones en su pringosa tela de araña— nos muestra el horizonte y nos impulsa a las periferias existenciales para anunciar la vida de Jesucristo. Preguntémonos si tenemos la tendencia a cerrarnos en nosotros mismos, en nuestro grupo, o si dejamos que el Espíritu Santo nos conduzca a la misión». ¡Ah Cantinflas tonsurado! ¡Conque «periferias existenciales»! Parecés profesor de semántica de la Universidad de Buenos Aires. ¿Y cuál es nuestro grupo y a qué misión te referís? ¿Y el Espíritu Santo anunciando la vida de Jesucristo? ¿No fue pues al revés, que Jesucristo en vida anunció la venida del Espíritu Santo? Qué genialidad, cocinero *chef,* tu «parrillada mixta de tres carnes»: Dios, Jesucristo y el Espíritu Santo. A mí me las servís bien asadas, no se me vayan a subir las triquinas a la mansarda como se te subieron a vos.

Oíme rezar a mí, aprendé, observá la ilación del discurso y la propaganda que te hago: Diosito lindo, Viejo hermoso que hiciste el Universo con sus agujeros negros y galaxias, ¡cuánto te amo! ¿Querés que te sacrifique un cordero? Te lo comés en *panini* de pan Bimbo tostado en la *trattoria* de Bergoglio, con mayonesa, pimienta, chile, pepinillos, mostaza y salsa ketchup. ¡Qué banquetazo! ¿O preferís pescado? Ya sé que carne de cerdo no comés porque sos judío como tu papá, Yavé, al que en el Levítico el olor a carne asada de ternera le engarrotaba el palo.

Más frases para los niños: «El agujero negro se tragó una galaxia». ¡Ay, qué miedo! Los agujeros negros son más peligrosos que Marcial Maciel sin comer. No se les arrimen, niños. Ni a Cristoloco, que les pega, es rabioso.

La tiara, Bergoglio, la triple corona, si no la querés, no la querás que me la chanto yo, con sus diamantes, esmeraldas y perlas. Perlas que no les pienso echar, a lo Cristoloco, a los cerdos. No. A los cerdos les doy aguamasa, que es lo que les daba mi abuela, con amor, para que coman. Y les pongo agua limpia, pura como sus almas, con amor, para que beban. Benditos sean los cerdos, mis hermanos los cerdos.

Bergoglio el histrión monta su comedia sin tiara porque es humilde y caritativo. Da sin tener. Como nunca ha trabajado... A lo Francisco de Asís, que murió sin saber lo que era agarrar el azadón. También en Colombia tuvimos un padrecito así, que daba sin tener y muy zángano: Rafael García Herreros se llamaba. Les pedía a los ricos para darles a los pobres, y pidiendo y dando, limosneando en su humildad protagónica, se ganó el cielo con indulgencias ajenas. ¿Que Francisco de Asís repartió su suntuosa ropa entre los pobres? ¡Claro! Como no le costó nada... Se la dio su papá que era rico... El muchacho nunca trabajó, no conoció el sudor sano. Perfecto el nombre que te pusiste de careta, Bergoglio, te queda como condón en pene, como guante en mano: Francisco. En vos ha encarnado hoy el Espíritu de la Mentira.

Y para terminar con vos y no volverte a mencionar, ¿en qué quedaría la Capilla Sixtina tras el encierro de los ciento diecisiete purpurados que te eligieron *cum clavis,* si no tuviera inodoros?

«¡El corazón de los guaaaancheeees, al murmullo de la briiiisa! Tara ta ta tara, tara ta ta tara, tara ta ta ta, ta ta taaa... ¡Oh qué hermosas sois Islas Canarias, en el mundo no tenéis rival! Sois como un jardín, flores de España, llenas de un perfume sin igual.» Bailando este pasodoble de ensueño con Casablanca mi amada, giramos en el carrusel del delirio.

—No te me vayas a caer, muchachita, agárrate a mí.

Meses van transcurridos y aún no cantan las fuentes. La de la hiena funcionó un minuto y se le quemó la bomba. Y a la otra le tengo que conseguir el ángel. A falta de niño orinando, hoy por hoy me conformo con un andrógino alado. Niños que orinan en fuentes aquí no hay. Habría que traerlo de Bélgica.

—Un ángel se me hace muy bobo. Ponga más bien un sapo escupiendo agua.

—En ese caso pongo una iguana...

—Iguana no porque le van a llamar su casa «la casa de la iguana». Y a usted «el dueño de la casa de la iguana», para acabar llamándolo «la iguana». No se meta en problemas, que mientras menos trato con la humanidad, mejor. Deje esa fuente sin nada. Con un simple tubo que suelte un chorro.

En el chiquero de la Sixtina el Espíritu Santo, lenón de travestis, baraja las cartas. Ayer le tocó a Benedicto; hoy a Bergoglio; mañana me tocará a mí. Voy a conseguirme un espejo de cuerpo entero para empezar mi entrenamiento.

—Consígase un escaparate viejo con espejo en la puerta, que le va a servir también de ropero. Y ahí guarda lo que se le ofrezca.

—¡Claro! Casullas, albas, estolas, dalmáticas, capas pluviales...

Asomado al balcón de Casablanca hoy bendije a unos indigentes que me pedían plata para basuco: «Tenemos hambre, padrecito, denos lo que sea», me gritaban desde el bosquecito de Casaloca. Les mandé la bendición con el viento hasta la acera de enfrente. Y ayer en Junín bendije a otro que me salió con el mismo cuento: «Deme de comer, padrecito, que tengo mucha hambre. Cualquier monedita». ¿Por qué me verán cara de cura a mí, si tengo alma de papa? ¿Por la vetusta edad? Con mayor razón, pues mientras más viejo el cura, más papa. Estos desechables quieren comer a diario. A mañana, tarde y noche. Y así no hay presupuesto que alcance. Yo comida no doy: bendigo.

—Arrodíllate, hijo. *In nomine Patris, et Filii, et Spiritus Sancti.*

Y les voy haciendo la cruz en el aire: primero les dibujo el palo vertical bajando, y luego el horizontal pero de derecha a izquierda al estilo de la Iglesia ortodoxa, y no de izquierda a derecha al estilo de la Occidental, que me choca. Y con dos dedos: con el índice y el dedo medio. No con tres como algunos *dilettanti* que agregan el anular. Una vez bendecido el arrodillado, le extiendo la mano para que me bese el anillo. Y si es joven, lo amonesto:

—Nada de tocamientos ilícitos, hijo, que te debilitas. Ni cositas sucias con la novia, ¿eh? Bendición para el papá, bendición para la mamá, bendición para el hermanito, bendición para la hermanita...

Soy un derrochador de bendiciones, una manguera suelta. Ganas me dan de ampliar la bendición y echarla entera: *Per signum Sanctae Crucis de inimicis nostris libera nos, Domine Deus noster. In nomine Patris,* etcétera. Y complementada, claro, con mis aspersiones de gas sarín.

—Usted es un santo. San Satanás Esquipulas. *Vade retro.*

—Nada de Satanás. Soy bueno. Lo que pasa es que de tan bueno me salté al otro lado con la pértiga.

El que le dé de comer a un indigente, que les dé a diez. Y el que les dé a diez, que les dé a cien. Y el que les dé a cien, que les dé a mil. Y el que les dé a mil, que le dé a la humanidad entera, que es lo que voy a hacer cuando me chante la tiara. Mis tres coronas de papa, obispo y rey cuajadas de perlas.

—Y a bolear incienso parejo. Se va a dar un gustico usted que ni del padre Uribe...

—¿Sí sabía que el incienso es cancerígeno?

—Ni idea. ¡Qué miedo!

—Tiene benzopireno.

—Y Marx diciendo que la religión es el opio del pueblo. ¡Cuál opio! Es su incienso.

A falta de cantarina fuente pongo «Juegos de agua» de Ravel en el iPod. *Pas grand-chose...* De Ravel me gusta el «Gaspar de la noche», pero no como para caer muerto. De Stravinsky nada, de Prokofiev nada, de Haendel nada, a Tchaikovsky lo abomino, a Puccini lo detesto y Gershwin no paga ni con la vida de su madre.

—¿Y Bach? No me diga que no es una catedral.

—No llega a iglesia. Es una diarrea de notas. El jazz de los tiempos de Pergolesi.

—¿Y Pergolesi?

—Ah, éste sí afinaba. Murió joven y compuso poco. Se lo recomiendo.

Pero echémosle más leña al fuego, que se apaga. A continuar la diatriba. Oigan pues y callen. Apaguen la luz y «escuchen», como dicen los hijueputas.

De vivir hoy Cristo, patrono de los pescadores, andaría con los noruegos y los japoneses arponeando ballenas. ¡Qué malo era este asesino de animales! ¡Galileo! ¡Taumaturgo! ¡Loco! Resucitaste a Lázaro, ¿y para qué? ¿Para que se volviera a morir? ¿O es que sigue vivo y por ahí anda? Déjalo entonces morir en paz, que él también tiene derecho a la muerte. Y al judío errante. Tu papá descansó el séptimo día.

En cambio para este desventurado no hay vacaciones. Ni de verano, ni de Navidad, ni de Semana Santa, ni toma de la Bastilla, ni batalla de Boyacá, ni asunción de la Virgen, ni puentes. Camine que camine el pobre hebreo...

—¿La asunción de la Virgen es la misma que la de Cristo?

—En absoluto. La de Cristo es la «ascensión»: la *Ascensio Christi in Coelum,* que es fiesta móvil. Y la de la Virgen es la «asunción»: la *Assumptio Beatae Mariae Virginis,* que es fiesta fija. La asunción se celebra siempre el 15 de agosto, llueva que truene, caiga el día de la semana que caiga. La ascensión en cambio se celebra siempre un jueves, el cuadragésimo día después de la Pascua. Se acaba de celebrar este jueves 9 de mayo, que fue cuando le tocó a este año. Está fresquecita.

—¡Qué tonto soy! Me perdí esa fiesta. ¿Y dónde están Cristo y la Virgen ahora, en el momento en que hablo?

—Pues en el cielo. Entre las nubes. En cuerpo y alma.

—¿Y no se los lleva de corbata un satélite, con toda la chatarra espacial que hay girando allá arriba?

—Fíjese que no porque son translúcidos.

—Ah...

—Cualquier cuerpo espacial pasa por ellos como la luz por un cristal, sin romperlos ni mancharlos.

—Ah...

—*Sed ipsa ascensis Christi in coelum, qua corporalem praesentiam suam nobis subtraxit, magis fuit utilis nobis quem praesentia corporalis fuisset.*

—¡Qué bonito suena!

—¡Cómo no va a sonar, si es de la *Suma teológica* de Tomás de Aquino, el Doctor Angélico! Cuestión 57 para más señas: *Deinde considerandum est de ascensione Christi.*

—Pero explíqueme a ver: ¿Quién subió más? ¿Cristo o su madre?

—¡Pues él! ¡Cómo va a subir más una madre que un hijo!

—¿Hay posibilidad de verlos con telescopio?

—No porque son translúcidos.

—Ah... Mire: si el próximo papa no es usted, ¡cuándo se le va a volver a presentar a Colombia una oportunidad tan linda! Jamás. Porque lo que es al pirómano de Alejandro Ordóñez no lo elige ni su madre. ¡Qué burro!

—No insulte con nombres de animales que los degrada. No me gusta. No está bien.

Me voy a revestir de Cristo frente a mi escaparate de espejo. Me pongo una estola, me quito la estola; me pongo un roquete, me quito el roquete; me pongo una mitra, me quito la mitra; me pongo un bonete, me quito el bonete... ¿Cíngulo? No. ¿Alzacuellos? No. ¿Manípulo? Ya no se usan. ¿Amito? Es de subdiácono. Capa pluvial sí. Pasito adelante, pasito atrás. Media vuelta, señor tonsurado. ¡Qué bonita caída tiene su capa! Tan sencillita, tan *sans-façon*. Gire, gire. *Voilà!*

—¿Dónde andaban, niñas?

—En el rebusque, en la lucha. Esta vida sí es muy dura. ¡Qué bonitos le quedaron los tragaluces de los baños con sus vidrios! Felicitaciones.

—¿Sí vieron que los tragaluces abren y cierran?

—¡Claro! Para que salgan los malos olores. Usted sí piensa en todo. Hasta el milímetro.

Pausa. Silencio largo. Vuelta al diálogo.

—¿Y el carpintero? ¿Qué pasó en últimas con él?

—No volvió. Me dejó todo a medias, empezado. Por ahí andará borracho.

—Díganos que no lo mató.

—¡Pues cómo lo iba a matar!

—Júrelo.

—¡Claro que lo juro, qué me cuesta! A mí el verbo *matar* se me queda en las ganas.

—¿Pero de veras? ¿No lo mató?

—De veras. No lo maté. ¿Y si no, dónde está el cadáver? Ustedes que andan en las alcantarillas busquen. Guíense por el olor.

Hoy pasé el día deprimido, sin querer hablar, acorazado en el silencio. ¡Qué diíta! Me está faltando algún neurotransmisor, ¿pero cuál? Dopamina no porque no me tiembla la mano. ¿Glutamato? ¿Acetilcolina? ¿Aspartato? ¡Qué sistemita! Muy complejo, lo hizo Dios. Trillones y trillones de neuronas bien tramadas para la mayor Gloria del Altísimo. Voy a tomar Prozac por si es falta de serotonina. ¿Qué sería hoy de mí de no haber ejercido de psiquiatra? El Prozac lo receto para trastornos depresivos mayores, como el bipolar y el de pánico o crisis de ansiedad, que es de lo que sufro desde que me persigue Ordóñez. Siete años al día de hoy. Este cavernícola me la tiene jurada, me quiere matar. Tiene una cauda de esbirros... Quiere ser presidente de Colombia y papa de la humanidad. Mamar de las dos más galactíferas tetas a la vez sin soltar ninguna. ¡No podérmelo bajar con un *drone*! ¿Pero de dónde lo saco? Corro peligro inminente, señores. Casablanca no es segura, el ejército no protege y la policía atraca. ¡Y aunque fuera segura Casablanca! Si salgo, me matan saliendo. Y si entro, me matan entrando. Ya iremos viendo, Dios dirá. Dejemos para mañana lo que no pudimos hacer hoy. Durmámonos.

Soñé que Ordóñez me bombardeaba a Casablanca con unos *drones*. ¡Qué va a bombardear este eunuco! Quema libros y ya. Presidente no va a ser porque se le adelantó el reelector que hoy manda y mama. Y papa ¿cómo? ¿Para qué entonces estoy yo?

Soy a la vez el paciente y el psiquiatra, me desdoblo. Y vuelto dos en uno, extendido en mi diván hablo y sentado a mi lado oigo. Y fíjense que no dije «escucho», dije «oigo». Escuchar, lo que se dice escuchar, jamás. ¡Verbo inmundo que me has dañado la vida y empuercado el idioma! El simio gesticulante «escucha» con las manos quietas. ¡Ah, pero eso sí! Toma la palabra y arranca como un molino de viento endemoniado a girar las aspas. Miente con las manos, miente con el hocico, opina, vota, excreta, traiciona. Camina como un pingüino balanceando los remos y se cree el non plus ultra. ¡Ay, tan agraciado él, tan bonito! ¡Claro, como lo hicieron a semejanza de su Creador! El sexto día de la Creación el Gran Relojero se dijo, satisfecho: «Ya todo esto me quedó muy bien, me felicito. Falta el hombre. Hagamos ahora al hijueputa». Pues bien, yo le mido ahora el aceite al hijueputa por lo que gesticula: si mucho, es mucho; si poco, es poco; y si nada, es nada.

En Medellín, que está en un valle, el agua la traen de las montañas y baja como una loca arrastrando carros, tumbando casas, reventando las tuberías. Llega con tal presión a los baños que a mi tío Argemiro le tumbó la regadera de hierro en la cabeza cuando se bañaba y lo mató. Sabía chino, japonés, hebreo, griego, árabe; cuarenta lenguas americanas; udmurto, komi, mari y otras lenguas urálicas; lenguas muertas... Muy rabioso el políglota. Se levantaba de noche a romper puertas a patadas: ¡Tas! «¡Para que sepan que aquí estoy yo!» Y sacaba la pata de la puerta rajada. Tuvo quince hijos: diez individuales y cinco llovidos por Dios en dos paquetes: uno de mellizos y otro de trillizos. Por eso en vez de conseguirme en una demolición unas regaderas de la Edad de Hierro, me he resignado a ponerles a los baños de Casablanca unas de plástico cromado de las de ahora porque vida es antes que belleza. Uno en Medellín se tiene que cuidar de todo: de lo que sube y de lo que cae, de lo que sale y de lo que entra. Del gobierno, de la policía, de los atracadores, de las inundaciones, de los coches bomba, de las tejas, de las montañas, de la Ley... Y hasta de la propia madre. La mía, tan rabiosa como su hermano Argemiro el rompepuertas, tiraba lo que tuviera al alcance de su pentadáctila mano: tijeras, cuchillos, alicates, transformadores de corriente alterna... A mí de herencia me dejó el temporal izquierdo sumido con una plancha. Al final perdió la fe como la Madre Teresa y dejó de creer en Dios. ¡Ya para qué! ¡Con lo que me jodió la vida con ese Viejo! Yo le decía: «Dios no existe, date cuenta. No puede haber un Ser tan Malo que te haya hecho a vos. Vos surgiste de las aguas del pantano por generación espontánea. Sos la prueba viviente de que Spencer tenía razón».

—¿La va a invitar a la entronización del santo?

—No.

—Invítela. Reconcíliese con ella para que se pueda ir tranquilo al sepulcro.

—Más fácil se reconcilia Vargas Llosa con García Márquez.

—¿Quiénes son?

—Otros dos.

Entonces no había planchas eléctricas y de plástico como las de hoy, eran de hierro y funcionaban con carbón. De suerte que al darme con su férreo proyectil la discóbola de Mirón me dejó amén de descalabrado carbonizado. En dosis moderadas el parto tranquiliza a la mujer. En dosis altas la afecta. Después del décimo parto empiezan a tirar planchas y a ver caras.

—Veo caras —decía.

—¿Las ves con los ojos abiertos? ¿O con los ojos cerrados?

—Con los ojos cerrados.

—¿Los tuyos cerrados? ¿O los de ellos?

—Los míos.

—Pues ábrilos, mujer.

Tendencia natural de la materia: mantenerlo todo unido para desintegrarse en cualquier momento. Dios hizo la fuerza de gravedad para impedir que nos fuéramos como globos aerostáticos sueltos hacia la nada. Por ella pesa la piedra que alzamos y por ella sentimos la dura e inmensa Tierra bajo nuestros pies. En cuanto a las fuerzas débil, fuerte y electromagnética del átomo, están para mantener la plancha de hierro unida en un todo compacto y que no se desintegre. ¡Qué grandeza la de Dios! Todo lo ha regulado al milímetro. Ahora bien: ¿por qué llamar «fuerzas» a las del átomo? Son pegamentos, señores: el engrudo atómico débil, el engrudo atómico fuerte y el engrudo atómico electromagnético. ¿Y por qué llamar «fuerza» a la gravedad? Ahí «fuerza» sobra, con «gravedad» sola basta. Si suelto la plancha, lo mismo da que diga «cayó por la fuerza de gravedad» o «cayó por la gravedad». Cae y punto, no se va como globo aerostático. Y si la lanzo parece que va derecho pero no: describe una parábola galileica. Bien pueden pues, señores físicos, ir desterrando la palabra «fuerza» y su vaporoso concepto de su incierta ciencia porque sobran. Y «energía» y «materia» también, por lo mismo. El físico no tiene derecho a hablar. Si habla, filosofa. Que calle y no empantane más este mundo que ya bien enlodado nos lo tiene esta caterva de políticos y curas y ayatolas y pederastas o «pedófilos» como les dicen, con impropiedad manifiesta porque una cosa es una cosa y otra cosa es otra cosa.

Lista de invitados a la entronización del Corazón de Jesús. Primero el cura por razones obvias, porque sin cura no hay entronización; será el padre Ferro, el que me bautizó.

Luego mi padrino de bautizo, que fue mi abuelo. Luego mis cinco grandes amores, a saber: mi abuela Raquel, mi perra Argia, mi perra Bruja, mi perra Kim y mi perra Quina. En este orden o en cualquiera pues aquí el orden de los factores no altera el producto. Pasa como con la Trinidad. Barájenme sus tres personas distintas, tírenlas sobre la mesa y miren a ver qué sacaron. Sacarán siempre lo mismo: Una en Tres o Tres en Una.

—¿Y nosotras dónde vamos?

—Inmediatamente después.

—¿Y nos va a dar galletas Sultanas?

—Mmmm...

—No nos vamos a reproducir. Se lo prometemos.

—Bueno. Les voy a comprar entonces una gruesa de paquetes en Noel, donde las hacen. En mi niñez las cotizaciones de la Bolsa de Medellín las daban por la Voz de Antioquia a las seis de la tarde. Noel valía veinte centavos la acción.

—¡Qué memoria la suya! ¡Qué devaluación tan hijueputa!

Ya no hay centavos y el peso se esfumó. Nací cuando se decía sermón y no homilía, herencia y no legado, enemigos y no detractores, fanáticos y no integristas, problema y no desafío, protestantes y no evangélicos, antepasados y no ancestros, militares y no mandos, funcionarios y no cargos, público y no audiencia, guardaespaldas y no escolta, maremoto y no tsunami, refugio y no santuario, méritos y no credenciales, pruebas y no evidencias, sectas y no denominaciones, religiones y no confesiones... Extinguieron el cóndor de los Andes, mataron el verbo *oír* y a la maldita Iglesia católica, que aquí es plaga endémica, se le vinieron a sumar los protestantes, los «evangélicos». ¡Todo me lo cambiaron, todo me lo empuercaron, en todo se me cagaron!

Esta América disforme que en mala hora parió España cruzando blancos con indios y negros en un «crisol de razas» o paila de inmundicias no tiene salvación. Vámonos despertando del sueño.

Los bípedos que se desplazan por la superficie retenidos por la gravedad adoran a un loco que no existió pero que lleva dos mil años dando guerra y que llaman Cristo. ¡Qué nombre horrendo, ni «Mahoma»! Me suena a palo seco. Ser confuso ese engendro, pronunció un discurso en una montaña (otros dicen que en un llano), y entre una retahíla de sandeces pidió amar al enemigo. ¡Y cómo le hago, si no tengo! A mí la canalla de Internet, experta en odios, me montó en un altarcito y me echa incienso. ¡Cómo no los voy a querer! Y si me insultan, bien puedan, gracias hermanos. Salgo en Internet, luego existo.

—¿Y de Dios, el papá del loquito discursero, qué nos dice?

—Que es un Monstruo.

Nacimos y vivimos y morimos en un mundo hostil. En una sociedad hostil de un país hostil de un planeta hostil de un universo hostil. A mí me cupo en suerte Medellín, Colombia, planeta Tierra, Vía Láctea, Agujero Negro 4851293432948569501 93450. ¿Por qué agradecerle entonces y atribuirle la Suprema Bondad al Monstruo? ¡Y el Levítico mandando que le sacrifiquemos animales! Judíos que se las dan de víctimas, comedores de corderos, desangradores de bestiezuelas inocentes: ustedes son otros victimarios. Curas, pastores, popes, rabinos, ayatolas, clerigalla carnívora, caterva travestida, hampones todos de las religiones todas, en guerra estamos.

Una sola vez vi a mi otro abuelo. Tenía yo cinco años y él ya se iba a morir. Mi papá me llevó a conocerlo. Vivía en uno de los barrios de las montañas que circundan a

Medellín. ¿Pero en cuál? ¿Aranjuez tal vez? ¿Manrique? La casa y el barrio se me han borrado, para siempre, de la memoria, y los que hoy me pudieran ayudar a recordar han sido ya anotados, con cariño, en mi Libreta de los Muertos. Uno que otro de estos fantasmas, volviendo del inframundo unos instantes, me visita en sueños. Despierto con ganas de llorar, por él, por mí, por el que fui. Cierro los ojos para recobrar a mi otro abuelo y veo un hombre adusto, enjuto, con una barba blanca de varios días sin afeitar, inasible, lejano. Le superpongo la imagen de mi padre y se juntan en una sola. ¿Pero no estaré juntando, en vez de los seres reales que un día fueron, sus desvaídas fotos? No sé dónde estaba la casa, ni qué me dijo mi otro abuelo si algo me dijo, ni qué pasó. Sólo recuerdo lo que pensé: «¡Cómo va a ser éste mi abuelo! Mi abuelo es otro, el de Santa Anita, el rabioso». Voy a invitar a este fugaz abuelo que apenas si alcancé a conocer pero que sigue viviendo en mí, en mi brumoso recuerdo de nuestro único y lejanísimo encuentro, a la entronización del Corazón de Jesús en Casablanca para preguntarle. No me puedo morir sin saber. Ley de la Persistencia de los Muertos en los Vivos: seguimos viviendo un tiempecito más tras la muerte: lo que viva después de nosotros el último en morirse de los que nos conocieron, si es que en el camino no nos tiró al bote del olvido. Un ejemplo, para que me vayan entendiendo: si el memorioso era un niño de cinco años cuando nos morimos y vive hasta los ciento veinte y nos recuerda al final de sus días, pues hemos seguido viviendo gracias a él otros ciento quince años.

—¡Valiente ley! No aclara nada. Usted sí está como los físicos con la gravedad y los creyentes con Dios. Acójase más bien a este Viejo por no dejar, por si existe, a ver si se salva.

—Salvado estoy, ya le dije: me insultan en Internet.

Nombres y nombres y nombres de muertos y muertos y muertos. Mientras adelanto a Casablanca y le doy los últimos toques, será irme a visitar asilos para conocer viejitos en sus postrimerías que pueda anotar pronto en mi libreta, a ver si llego a los dos mil y descanso. ¡Qué vía crucis! En la última página, última línea, voy yo, con mi firma refrendada por un inri: *Iesus Nazarenus Rex Iudaeorum*.

No alcahueteen más a Dios ni le recen que Él no oye. Ni le sacrifiquen más animales que Él no come. Hace dos mil quinientos años, desde Babilonia, que el olor a carne asada no lo arrecha, perdió el apetito. Sobra pues tanta abyección, lambones. Lambones, aduladores, rastreros, botafumeiros: aprendan de Luzbel, no jodan más con eso.

—Abuela: no te has muerto, seguís viviendo en mí. Te invito a la entronización del Corazón de Jesús en Casablanca.

—¿Cuándo va a ser, m'hijo?

—El mes que entra. Me faltan unos atanores, unas puertas, unos vidrios y el botaguas de una fuente. ¿Sabés qué voy a poner en mi cuarto?

—¿Qué, m'hijo?

—La Santísima Trinidad que tenías vos, para que me cuide.

—Muy bien hecho. Y ponga a la entrada la Sagrada Familia, que protege la casa.

—También la tengo. La traje de México. Así, chiquita. Te va a encantar. ¿Y sabés qué me encontré en un anticuario? El reloj de muro que tenías en Santa Anita. ¿Sí te acordás? Coronado por un caballito.

—Blanco.

—Exacto. Blanco. «¡Tan! ¡Tan! ¡Tan!» decía contándonos el Tiempo que pasaba y que íbamos sacando, tan despreocupados, tan felices nosotros, del que nos quedaba, como saca un niño confites de una bolsa. Voy a invitar también al abuelo para que lo volvás a ver. Ya sé que lo quisiste más que a mí, que te quise más que a nadie, pero te perdono. Y hoy ustedes dos en mí se juntan. Ya los puse en la libreta, pero no: siguen vivos.

—¿Y cómo supo usted, señor, que el reloj que encontró en el anticuario era el de su abuela?

—Porque me empezó a latir, con latido fuerte, el corazón.

—No les haga mucho caso a esos corazones de antes, que son caprichosos y poco confiables, terminan parándose. Consígase uno de cuerda, como el reloj de Santa Anita. O uno de pilas. ¿Le está fallando el de cuerda? Le da cuerda. ¿Le está fallando el de pilas? Le cambia las pilas.

España estafadora que produjiste a Picasso, el Stravinsky de la pintura, más falso que la doble ese de ese apellido horroroso, ¿hasta cuándo vas a seguir estafando? ¿Vas a acabar de hundir a Europa? Dejala en paz. Que vengan tus euracas a América a limpiar inodoros, que aquí también se taquean. No son infalibles como el Romano Pontífice. En cuanto a la televisión, va de mal en peor, cayó en manos de preguntones y hablamierdas. A los preguntones les dicen «entrevistadores»; y a los hablamierdas, «analistas». ¿Qué analizan? Fútbol, política, materia excrementicia: son coprólogos. Manotea el entrevistador, manotea el entrevistado, manotea el analista... ¿Por qué? Porque así manoteaban de fetos, antes de salir a cámaras, en los oscuros vientres de sus madres. Propuesta: conectarles unos dinamos grandes en los culos, con lo que tendremos la fuente inagotable de energía que tanta falta le hace al hombre. Con un solo manoteador de éstos mandamos un cohete a Marte.

—Su Santidad: ¿cuándo va a ir a la fábrica Noel a comprar las galletas?

—No acosen, niñas, que aún no acabo, falta un mes. Mínimo.

—En un mes ya no existimos.

—Van a ver que sí. Salir de esto no es tan fácil.

A la irredenta humanidad, la ponzoñosa, la del eyaculador Romeo y su Julieta, además de manoteadores le dio por producir últimamente raperos y tatuados. Raperos de voces excrementosas y gangosas. Y tatuados de las espaldas, de los hombros, de los brazos, de las piernas, del pene, de las nalgas, de los vientres. Del culo no, aunque quién sabe. Los coprólogos que se ocupan de la Iglesia se llaman «vaticanistas». ¿Qué seré entonces yo que tengo línea directa con el Espíritu Santo?

—¿Hablo con el Paráclito?

—Con el mismo. ¿Y yo con quién?

—Con el otro, el que le dije.

—Ah... ¡Qué bueno!

—¿Cómo está el tiempo por allá?

—Más bien bien. ¿Y por allá?

—Muy caliente. No se olvide de lo que le encargué para el próximo cónclave.

—¡Cómo se me va a olvidar!

¡Claro que se le olvida, ni sabe de qué le estoy hablando! En el cónclave anterior subió del culo al pampeano. ¿Y saben qué hizo esta mosquita muerta para congraciarse con Colombia, a la que le robó el premio gordo? Canonizarnos a dos. ¡Para qué queremos santos, si hay entre cuatro mil y diez mil! La vida eterna sirve para un carajo y la santidad está devaluada. El que asesinó a Juan Pablo I la devaluó. Yo, como Aung San Suu Kyi (la Ingrid Betancourt de Birmania), busco el poder terrenal. Con menos no me conformo. No nací para santidades vaporosas. No quiero que me pidan, no quiero que me recen, ni doy, ni presto.

—¡Están tumbando la casa de enfrente! ¡Corra!

—¿Cuál casa de enfrente? —pregunté aterrado.

—Pues la de enfrente. La que está entre los dos edificios. Ya le están metiendo la retroexcavadora, venga a ver.

«¡Casaloca, me la mataron!», pensé. Y me apoyé en la pared con el corazón en la garganta.

—¿Qué le pasa, patrón? ¿Se siente mal?

—No estoy mal, estoy muerto.

—¿Le traemos en qué sentarse? Se va a caer.

—Bueno.

—No hay en qué. Venga, siéntese en estos bultos de cemento, nosotros le ayudamos, no se nos vaya a caer. Vaya dando conmigo unos pasitos: uno, otro, otro... Así... Así... Así... Ya va llegando... Otro más y llega. Muy bien, siéntese.

Cinco minutos después me paré abruptamente para irme a Casaloca y la presión se me fue al suelo, y yo con ella. Caí sobre el embaldosado amarillo, diagnosticándome mientras caía: «Hipotensión ortostática».

—No me levanten, déjenme aquí, no me toquen, me matan. Tráiganme una Coca Cola. Están en la nevera.

—No hay Coca Colas, ni hay nevera. Todavía no la ha conseguido, patrón.

—Llévenme entonces entre todos a la cama.

—¿Cuál cama? No hay cama.

—Déjenme entonces aquí y vayan de carrera a Pomona por la Coca Cola, que es hipertensor, sube la presión. Sube lo que se cae. Sube hasta un pene.

—A Pomona no, que está muy lejos. Mejor a Colanta, que está en la esquina.

—A donde sea, ¡carajo!, pero ya, que me morí. Así mataron a Juan Pablo I, bajándole la presión y negándole hasta una Coca Cola. Lo mató Juan Pablo II con la bendición de la Curia. Y para disimular se puso el nombre del muerto. Y la tiara. Se chantó la tiara el cabrón.

—Muy grave lo que dice.

—Grave lo que hicieron.

—¿Está dispuesto a sostenerlo ante autoridad competente?

—Ante el que sea. Ante el Tribunal Superior de Antioquia, ante la Corte Suprema de Justicia de Colombia, ante la Corte Celestial de Dios... Escoja. Mándeme el citatorio y allá voy. Que diga lugar, fecha y hora.

Y sin esperar Coca Colas me levanté hecho una fiera y salí a la calle. ¿A la calle? ¡A cuál calle! A una densa nube de polvo. Hagan de cuenta un incendio pero sin humo, y en vez de humo polvo: el incendio de un mayúsculo polvaderón. Efectivamente, estaban demoliendo a Casaloca. «¡Tas! ¡Tas! ¡Tas!», decía la retroexcavadora e iban cayendo paredes. Una, otra, otra...

—¿Como un castillo de naipes?

—¿Cuándo me ha oído a mí un lugar común? Haga memoria a ver. De esta boca no ha salido ni uno solo. Todo nuevo, siempre nuevo, reluciente, flamante. No diga estupideces, que el palo hoy no está para cucharas. Y si éste fue mi final, aquí me muero.

Los ojos me lagrimeaban por el humo. Perdón, por el polvo. Perdón, por el dolor del alma.

—¿Llorando porque están tumbando unos muros?

—No son muros, no sea bruto, son paredes. Los muros son nuevos, las paredes viejas. ¡Me están tumbando a Colombia!

—Una casa vieja Colombia... Vea éste... Todavía no se entera de que Colombia es una potencia emergente. Mire p'arriba y vea los rascacielos. Colombia es grande, uno es el que es chiquito.

Entonces empezaron a salir los desechables en estampida.

—¿Sí vio, patrón, qué montón? Ahí vivían, nadie sabía.

—Venga a ver los socavones. Yo ya entré. Han salido hasta ahora como quinientos desechables. Las bases de la casa estaban minadas, eran cuevas. De no tumbarla hoy los que la compraron, se habría venido abajo sola mañana.

—¿Y quiénes la compraron?

—¡Quién sabe!

—Si no sabe, ¿por qué dice entonces que la compraron? Parece médico. No enrede, no especule. No quiero ver. Voy a regresar a Casablanca.

—Mire la foto que encontré.

¿Un ataúd en la sala de Casaloca? ¿Quién tomaría la foto? ¿Y a quién estarían velando? Escrito a lápiz por detrás decía: «Entierro de Silvio». ¡Claro! El entierro de mi hermano Silvio en el que no estuve porque andaba fuera de Colombia. Se pegó un tiro en la cabeza, pero el tiro me lo habría debido pegar yo. Mi hermano Manuel, que entonces era un niño, lo vistió para meterlo en el ataúd.

—Levántese, que ya lleva quince días tirado en esos bultos. Tiene que terminar la casa. No se vaya a dejar ganar esta partida de Colombia. Pruébele a esta paridora deslechada que con usted no puede.

—Me tumbaron la casa de mi infancia...

—Su infancia ya no existe. Pasó. El viento se la llevó como a Atlanta.

—Me van a construir un edificio enfrente y me van a tapar la vista.

—Mira para otro lado.

—Y me van a tapar el sol.

—Menos calor.

—Calor nunca hizo, soplaba el viento. Ahora me van a cortar el viento.

—Pone ventiladores. Unos bien bonitos de aspas, en el techo, como de Casablanca, Marruecos.

—Y me van a tapar la luz.

—Prende los focos. ¿No compró pues como mil quinientos de ciento cincuenta vatios, en veinte cajas, con filamentos edisonianos? Le van a durar hasta la próxima guerra nuclear. Úselos, que para eso son. ¿O para qué los consiguió? Ya está usted pues como esos jóvenes que no se quieren gastar la juventud guardándola para la vejez... ¿Y qué piensan hacer con la vejez? ¿Guardarla para la muerte? La vida es como un foco: para gastarla: para que se le queme el filamento. Y levántese, que esos bultos le van a ulcerar todo el cuerpo y nos lo van a dejar hecho un sidoso, un nazareno. ¿Y quién lo cuida? No hay quién. Y ponga a trabajar a estos zánganos que no hacen sino beber y fumar y comer y pichar y gozar a lo grande como grandes de España. Les falta el yate. ¿En cuánto acaba a Casablanca, a ver? ¿En quince días? Ya pasó lo más difícil, ya cruzó el Rubicón. Sigue terreno fértil. ¡Levántese! Despacito. Así, así, despacito.

—Sí, despacito, hágale caso al sabio. Y apóyese en él, déjese ayudar, no le dé vergüenza su edad. ¡Felicitaciones, qué afortunado! Llegó a la edad del trípode o tripié: tres pies. Que no le vuelva a dar la hipotensión ortostática y se nos vuelva a caer, que entre nosotras todas juntas en este caserón solas no podemos con usted. ¡Ustedes los humanos sí pesan mucho! ¡Eh Ave María, por Dios, cómo comen!

—Aquí voy, aquí voy, de a poquito. Doy un paso, doy otro, doy otro. Voy avanzando sin caer...

—La ira que le va a dar a Ordóñez cuando sepa... Se le va a reventar el saco de la hiel de la envidia apenas vea las fotos de Casablanca. «¡Cómo! —va a decir—. ¿Con dos patios con fuentes? ¿Vive en semejante palacete el hijueputa? ¡No poderlo matar!».

—Con ese vómito de Colombia no hay nada que hacer. Si acaso, limpiar. Déjenlo que él se muere solo, de vejez, como Tirofijo.

Wojtyla es lo más malo que ha parido la Tierra. Más que Hitler. Más que Stalin. Más que Pol Pot. Más que Atila. Más que Gengis Khan. Que me manden el citatorio esos degenerados de la Curia y su tinterillo Ordóñez indicando fecha y hora. En Casablanca lo recibo: «Recibido». Y firmo con la péñola. Ah, Wojtyla, vaca horra azuzadora de la paridera sin producir ni un mililitro de leche porque no tuviste ternero. ¿Cuántos corderos te comiste en vida, cuántos Cristos? Carnívora, zángana. Nos dejás de herencia (de «legado») las calles atestadas, las carreteras atestadas, los buses atestados, los hospitales atestados, la subida al aeropuerto de Rionegro atestada... Mirá tu obra, desvergonzado, ya no hay ni por dónde caminar. ¡Polaca! ¡Dañina! ¡Santa! Conque defensor de la vida... ¿Y qué defendías? ¿Las vacas, los terneros, los marranos? ¡Carnívora! ¡Zángana! Defendías un óvulo penetrado por un espermatozoide de *Homo sapiens*, que es lo más puerco que hay aunque ni se alcanza a ver. ¿No ves, obtuso, que no llega ni al tamaño de una amiba? ¿Y del espermatozoide suelto, qué me decís? ¿También lo defendías? ¿No ves que en cada eyaculación van setecientos millones de esos renacuajos cabezones que se van a perder? Uno solo llega, si es que llega. Lo bueno es que estamos a un paso de clonarlo, como a la oveja Dolly. ¡Maldita la Iglesia que te parió, Wojtyla, y maldita tu Polonia! Oveja Dolly: ¡Qué hermosa fuiste, cuánto te amé! La oveja Dolly (5 de julio de 1996-14 de febrero de 2003) murió de cáncer de pulmón, como mi abuelo Leonidas. El otro, Lisandro, no sé de qué.

—¡Cómo! ¿Usted es nieto de dos generales de la Hélade?

—Ajá.

—No sabía.

—Espartanos. Muy frugales.

—¡Con razón sale en Internet!

Y que no me vengan con que en el óvulo contaminado por el espermatozoide está en potencia un hombre. En potencia está todo en todo. En el varón más sensato, por ejemplo, en potencia hay un loco. ¡A abortar, madrecitas de Colombia, que niño que no nace, berrinche que no se dio! Pichen, se lavan, ¡y a dormir tranquilas! Aprendan de las madres del futuro, que hasta ahora no han tenido ni un solo hijo. Wojtyla: los pobres no se reproducen: se multiplican. Dos se vuelven cuatro, cuatro ocho y ocho dieciséis. En el aquí y ahora, bajo la aciaga estrella de Bergoglio, alias Francisco, y cuando aún no acabo de saldar cuentas con Benedicto (que decía «nos», como vendedor de almacén), viene este otro lavapiés a alborotarme otra vez el rebaño. Sale un travestido y entra otro, no dan tregua. Pregunto yo: ¿si el ideal del cristianismo es la pureza, por qué azuzan entonces la paridera? Tan puerca será la vagina infectada de semen, que a la Virgen la tuvieron que poner a concebir *in vacuo*. Y hoy anda allá arriba la pobrecita girando y girando como un satélite. Comer no quiero. Dormir no puedo. Oigo voces.

—¡Con razón! Hijo de su mamá, que veía caras. ¿Y qué le dicen las voces?

—Dicen: «No, no».

—Dígales que sí, que sí. O voltee para otro lado y no las oiga. Oiga el mar.

—¿Y de dónde saco mar, si vivo en ciudad de montaña?

—Óigalo en un caracol. En uno de esos caracoles grandes con que cuñaban las puertas de su Santa Anita. Usted que es psiquiatra, aplíquese la talasoterapia, o curación por el mar. Óigalo. Dice «Ru ru ru ru ru ru». El mar tranquiliza, arrulla, calma. Va, viene, va, viene... Como esta bolita atada a una cuerda que le estoy oscilando ante los ojos, ¿sí la ve?

—¿Una especie de cristalito translúcido? ¿Una canica?

—Ajá.

—Sí la veo. Va de derecha a izquierda, de izquierda a derecha.

—¿Qué le dice?

—Dice «No».

—Dígale que sí con la cabeza: bajándola, subiéndola, bajándola, subiéndola. ¡Qué más quisiera el cristiano que salir a la calle a matar! Pero no dejan, no se puede.

—Bueno pues. No más voces. Voy a conseguirme un caracol grande para oír el mar. Le voy a hacer caso.

—U oiga el río.

—¿Como cuál?

—Digamos el Magdalena. Piense en el Magdalena.

—¿A qué altura?

—Por ejemplo a la de Puerto Berrío.

—Bueno. Me concentro. Cierro los ojos. Ya lo estoy viendo. Hoy el Magdalena está calmado, plácido, no se reconoce. Pero es él. Sé que es él. Rompiéndose su oleaje contra el embarcadero suavecito, como si le estuviera dando caricias.

—¿Y qué más ve?

—Veo un caimán.

—¿Y qué más?

—Va llegando un champán al embarcadero.

—¿Quién viene en el champán?

—Una señora.

—Descríbamela.

—Fea. Alemana. De viaje por Colombia a lo Humboldt. Trae un sombrero para protegerse del sol.

—Descríbame el sombrero.

160

—Bajo de copa, ancho de alas, hecho de paja.

—Una pamela.

—Una «pamela» no. Eso se llama «pava».

—No. Pamela.

—No. Pava.

—Bueno pues, dejémoslo en «pava». ¿Qué pasa con la mujer de la pava?

—Que llega el caimán, abre las fauces y se la zampa.

—Usted sí es más malo que Wojtyla. Me voy. Siga oyendo sus voces.

Que se vaya, que sabio en tierra caliente no asunta. Se le ofusca la cabeza. Voy a explicarles grosso modo cómo funciona la mente: la mía, la suya, la del perro, la del chimpancé... Epifenómeno de las neuronas del cerebro, la mente de las criaturas, nuestra mente o alma, no es simultánea como la de Dios (que no tiene cerebro): es sucesiva. Va de una cosa a otra, a otra, a otra. En dos partes a la vez no puede estar. Por ejemplo, no puede oír y ver a la vez. Digamos que usted va por una calle y ve que en la esquina frena un carro con chirrido horrísono para no pasarse el semáforo. Usted cree que lo vio y lo oyó a la vez pero no: lo vio primero y lo oyó después, o viceversa, aunque en una sucesión tan rápida entre el ver y el oír o el oír y el ver (de unas milésimas o diezmilésimas de segundo, ya les diré cuando lo determine por experimento), que le hace pensar que las dos percepciones fueron simultáneas. No. No se puede oír y ver simultáneamente, ni andar y repicar en la procesión. Más aún (para considerar un solo sentido, el oído), los acordes de la música son una ilusión. Si toco en el piano el acorde de tónica de do mayor, do-mi-sol, usted no oye las tres notas juntas como un ¡Tas!, sino que primero oye el do, luego el mi, luego el sol, o en el orden que quiera, aunque a tal velocidad que le da la impresión de un acorde. ¿Sí me explico?

161

—No.

—¿No entendió?

—No. ¿Me repite?

—Si no entendió se jodió porque yo nunca me repito. Dios, como dijimos, no tiene cerebro. Es el Gran Descerebrado. Por falta de cerebro hizo el Universo. Satanás, en cambio, sí tiene, y piensa. Como entró en la sucesión del Tiempo... Para pensar hay que ser temporal, como para poderse bañar en el río uno tiene que tener río. Sólo podemos pensar metidos en el Río del Tiempo. *Non serviam,* dijo el ángel rebelde: «No serviré». Yo tampoco. No soy lacayo de nadie. Ni de Dios, ni del Rey, ni de Misiá Hijueputa. Y el que quiera acabar con Cristo que se asocie con Satanás, también llamado Luzbel, así como Colombia, que quiere acabar con Venezuela, se acaba de asociar con Israel. Israel tiene bomba atómica, ¡no va a tener Satanás! Y si el Paráclito me paga lo que me debe y me mete en cintura a los conclaveros, me voy a poner Luzbel.

—Buenísimo nombre. Luzbel Primero.

—Sin el «primero». Luzbel a secas. No va a haber segundo. *Non veni pacem mittere sed gladium.* Vine a poner a pelear a todos contra todos. A los hijos con los padres, a los padres con las madres, a las suegras con las nueras, a los suegros con los nueros... Ah no, perdón, con los yernos.

—Vino pues a armar la del Putas.

—A hacer *tabula rasa*. A acabar con el entable.

—¿Qué es?

—El *Establishment*. Y los enemigos del hombre serán los de su misma casa. *Et inimici hominis domestici eius.* Hermanos contra hermanos, hermanas contra hermanas, hermanas contra hermanos... Y habrá cinco en una casa divididos: tres contra dos y dos contra tres. *Tres in duo et duo in tres.*

—Una Casaloca pues.

—En casa de ahorcado no se mienta soga. No me avive el dolor.

—Siga entonces.

—*Dividentur pater in filium et filius in patrem.* Y que se mate el padre con el hijo y el hijo con el padre. A machete, a cuchillo, con lo que encuentren. *Ignem veni mittere in terram et quid volo? Si iam accensus esset!* Acabo hasta con el nido de la perra. Quemo esto.

—Se nos volvió a desatar Cristo, ¡qué miedo! ¿Y por qué a Satanás también le dicen Luzbel?

—Por la misma razón que a Bergoglio también le dicen Francisco.

—El Río del Tiempo que menciona, ¿no es una novela-ladrillo?

—¡Para nada! Son cinco novelitas breves, muy hermosas. Se las recomiendo.

—¿Cuáles son?

—Eso sí ya no recuerdo. Las leí hace tiempo.

Borren la Ley de la Persistencia de los Muertos en los Vivos por falsa. Queda la huella que dejan los muertos en nosotros, pero la huella no es el caminante. Mi abuela no existe más. No está en la Gloria de Dios, ni en el Infierno de Satanás. Es una herida que me quedó en el alma y que me cicatrizará la Muerte. Dios no existe, Satanás no existe, nos morimos para lo que reste de la eternidad, no hay salvación. Y si alguna condenación hubo, fue la carga de la vida.

—¿Otra noche sin dormir el pontífice, enfundado en sus zaragüelles? O termina la casa o se jodió. Ponga el iPod.

—Se le acabó la pila.

—Cámbiele la pila.

—No se puede, está incrustada. El iPod es una estafa de Apple.

Definición de ese país montañoso de Himalayas dificilísimos de salvar por carretera y que llaman «Colombia»: puentes que se empalman con puentes que se empalman con puentes. Por una cadena de puentes las vacaciones de Semana Santa quedan unidas allí al Día del Trabajo, que por otra cadena de puentes queda unido a las vacaciones de junio, que por otra cadena de puentes quedan unidas a las de diciembre, que por otra cadena de puentes quedan unidas a las de Semana Santa, que termina así mordiéndose la cola como un uroboro. ¿Quién paga? ¿El Estado? ¿El patrón? El patrón, por supuesto, es lo justo. El Estado ya hizo bastante con construir los puentes. Unida en una sola voluntad por su puente de puentes, Colombia, país soberano, no tiene, ay, sin embargo, más que un arma para defenderse de sus vecinos: el amor que le tienen. Venezuela no se la ha tragado porque Dios existe.

Amanece, veo claro, se han disipado las tinieblas. Atendiendo al llamado del Destino, que no espera, *cum primo lumine solis* he decidido terminar a Casablanca en quince días. Quince dije, ni uno más. Ésta es mi línea roja. Tomo el altavoz o megáfono o como se llame esta corneta y arengo a la tropa:

—Albañiles, ebanistas, carpinteros, cerrajeros, plomeros, zánganos: les habla el último patrón de Colombia. ¡A trabajar, que se nos va el sol! ¿O me van a juntar el superpuente de septiembre con el de octubre? Ya sé que éste es el país de la felicidad, ¡pero tanta es mucha!

Y otra vez delirio, acción. Martilleos, serrucheos, taladreos... Arreglando lo que dañaron y dañando lo que arreglaron.

—El zapapico no me lo tocan, ¿eh? ¿O van a empezar otra vez la tumbadera?

Tumbar les fascina. Para tumbar nacieron. Árbol que ven en pie subiendo al cielo, ¡a cortarlo! Son felices, ni quién lo niegue, aquí un velorio es una fiesta. Los que emigran a los Estados Unidos sufren allá lo indecible porque los ponen a trabajar. Vuelven con el síndrome pos-traumático del trabajo, a recuperarse. Patria no hay sino una: ésta. Bendigamos a Dios que nos dio en vida el paraíso. El gringo es explotador y ventajoso; el francés, mezquino; el español, bruto; el turco, corrupto; el colombiano, feliz.

—No generalice, que toda generalización es engañosa.

—¿Entonces cómo me oriento? ¿Con excepciones? ¿«Los españoles son brutos menos Cervantes»? Pues además de brutos son torturadores de animales y lambeculos de rey. Rey aquí no tenemos. Hace doscientos años que nos curamos de esa roña.

—¿Y los argentinos?

—Adoradores de Evitas, pateadores de balones, comedores de animales. Ladrones. A los viejitos italianos los encerraron en un corralito y los desplumaron. Y acaban de robarse un cónclave.

De este lado yo, y frente a mí la mafia conclavera, montonera, que se refocila en sus encierros. ¡Quién sabe qué orgías montan con esos acólitos que cultivan, desde que nacen hasta que florecen, en frascos! No bien envirilan, y se encierran con ellos *cum clavis, sub specie pacis,* a echar incienso.

—¿Qué es «refocilarse»?

—Calentarse.

¡Carajo! Se me olvidó en la lista de novedades «ladrón»: «perseguido político». México está lleno. Y esta sinrazón obstinada... Hijos que se convierten en padres, padres en abuelos, abuelos en bisabuelos... Cantando siempre la misma tonada. Pariendo para la Muerte y el olvido.

—Con «Muerte» basta, «olvido» sobra. ¿O a usted le importa que lo recuerden después de muerto?

—¡Claro! ¡Cómo se van a olvidar de mí! ¿Con quién cree que está hablando?

—¡Ah, ya entendí! Lo que usted quiere es el premio gordo de la Historia, por eso su honestidad. No sea bobito, embólsese lo que pueda, que la Historia es una puta y vida no hay sino una sola. Váyase a hacer un cursillo a España. Punto. Y de las grandes pasiones que agitan el alma humana, como el amor, la fe y la patria, ¿qué nos dice?

—Te diré, Rubalcaba, que el amor se va rápido, como el espíritu de la trementina. Alguna vez he aspirado su sutil esencia en uno que otro fauno impúber del pantano. ¿Quedó vino en la botella? Escánciame las últimas gotas. Y ve de prisa a la bodega y trae más. No te tardes, mueve el culo, que estás muy igualado.

Como ese Ansar que me mandó el duque de Palma y que tuve que echar por uñilargo.

—A ver, ¿qué trajiste? Nooo. ¿No ves que estoy tomando Châteauneuf-du-Pape? Busca la botella oscura que dice «Château Mont-Redon».

Me trajo Sangre de Cristo, un vino mexicano de las Bodegas Ferriño más malo que el Real Tesoro de Colombia. Los tengo para los invitados. Este tontón de Rubalcaba pensó que tonifica más un Cristo que un papa. España futbolera ya no produce ni lacayos que sirvan. Y para colmo, con el *boom* del ladrillo les está resultando mucho ladrón. Autóctonos, quiero decir: nativos, aborígenes, de los que produce la tierra. No colombianos, ni rumanos, ni gitanos.

—¡Eureka! ¡Ya entendí! Acabo de captar la trascendencia de la palabra *hijueputa*. Quiere decir «hombre», «ser humano».

—¡Qué inteligencia! ¡Claro! Es que *hijueputa,* simple adjetivo en países menos avanzados, aquí en Colombia lo hemos ascendido a pronombre. Un ejemplo. En vez de preguntar: «¿Ya llegó él?», nosotros preguntamos: «¿Ya llegó el hijueputa?». En esta oración «hijueputa» está reemplazando a «él»; «él» es un pronombre; luego «hijueputa» también es pronombre. Inventar sustantivos, adjetivos, verbos, ¡qué gracia! Surgen todos los días, como las pulgas del colchón. ¡Pero un pronombre! Como *yo, tú, él, nosotros, ellos*... Pronombrizar adjetivos es lo máximo. Ahí llega al tope el genio de la raza.

—Felicitaciones, colombianos. Son geniales.

—¿Y usted de dónde es?

—Costarricense.

—Pensé que las felicitaciones venían de un inglés. No importa. A caballo regalado no se le mira colmillo.

—Allá decimos «diente».

—De todos modos, gracias. ¿No le provoca un vinito?

—¿Qué es «provocar»?

—«Provocar» es «se le antoja».

—Sí se me antoja.

—¡Rubalcaba! Ve a la bodega por un Real Tesoro para que pruebe un buen vino el señor tico.

¡Pobre Dios! Cargando toda la eternidad con ese montón de agujeros negros, de estrellas de protones y galaxias. Le va peor que al judío errante. Seis días le tomó la excreción del Universo pero el séptimo, según el Génesis, descansó. Craso error. Él no descansa. Ni del Universo ni de sí mismo. Padece de la misma enfermedad de sus criaturas: el empecinamiento ontológico, que consiste en tener que seguir siendo uno el que es. No se cura. La piedra quiere seguir siendo piedra, el perro perro, usted usted, yo yo, y Él Él. No nos podemos librar de lo que somos.

—Rubalcaba, me llamas al Doctor Angélico, a Tomás de Aquino, para que aclaremos esto. A ver si sí o si no.

—Doctor Tomás de Aquino, lo solicitan en Casablanca.

—Dile que el dueño.

—El dueño.

—Que el mero dueño.

—El mero dueño.

La Realidad, con todo lo contrahecha y disparatada, abarca más que Dios: lo incluye a Él y a sus criaturas. Por lo tanto es más que Él. Si de rezar se trata, habría que rezarle entonces a la Realidad, no al subordinado. Hablar, como quien dice, con la señora de la casa directamente, no con la criada.

—¿Qué pasó con el gordo Aquino? Vocéalo otra vez, Rubalcaba.

—Doctor Aquino, lo solicitan en Casablanca. Segunda llamada.

¿Y si postuláramos que en la esencia de la materia está la existencia? ¿Y que lo que existe ahora no pudo escoger no ser?

—¿Qué pasó, Rubalcaba, con el voceado? Dile en latín que ipso facto.

—Señor doctor Tomás Aquino, presentarse en el mostrador de Casablanca ipso facto. Última llamada.

La vida es una pesadilla de la materia, y ésta un espejismo de la nada. Como Dios es Nada, recémosle entonces a la Nada. «Bendita seas, Nada, que siendo Nada eres Todo. Quédate en Yavé, en Uno Solo, como al comienzo, cuando el *Fiat lux*. Que no te dé por tener Hijos y Espíritus Santos como la otra vez, que nos complicás mucho las cosas.»

—Amén.

—¿Quién dijo «amén»? ¿Rubalcaba?

—No. Soy yo. El tico. El costarricense que invitó a tomarse un vino.

—Vino, como puede ver, aquí no hay. No hay ni dónde sentarse...

—Me siento en el redondel de la fuente.

—Hágale pues.

—¡Qué cupido más lindo! ¿De dónde lo sacó?

—De Bélgica, donde esculpen los mejores niños orinando. ¿Y qué me cuenta de Costa Rica, cómo está?

—Muy lluviosa. ¿Y Colombia?

—También. Muy lluviosa.

—Entonces me voy. Para ver llover, me quedo allá.

Hay días en que todo está mal. Pero hay días en que todo está peor. Cuando todo está mal hay que alegrarse. Hablando en términos generales, el mundo empeora. Cada niño que nace lo estercoliza más. Más contaminación, menos oxígeno, más pañales cagados. Nos van a llenar hasta el infierno donde tienen a Wojtyla y nos lo van a sacar a volver a hacer el mal. Que no lo permita Dios. Con otra vez Wojtyla desatado poblamos la Vía Láctea. Niño que nace, niño que exige: «Quiero, quiero, quiero». «No quiero, no quiero, no quiero.» El día del niño, el día del maestro, el día de la secretaria, el día del padre, el de la puta madre. Más novedades. Ya no se dice «un país dividido»: se dice «un país polarizado». Como la luz. Tengo que empezar otra vez a aprender a hablar. Y aprender a gesticular, que no me enseñaron. Voy al escaparate, abro la puerta y en su polvoso espejo me entreno. Hago olas, remolinos, círculos, rayas, mar rizado. Con las manos paralelas, verticales, trazo carriles como de ferrocarril. Hacia allá, hacia adelante. Gesto muy presidencial que por ahí le vi a alguno. Y girando los dos índices a lo que dan, trazo dos ruedas veloces en el aire. ¿Qué quiero decir con ello? Que se repite. ¿Qué se repite? Pues lo que estoy diciendo. Nadie entiende, pero a nadie le importa. Paso al entrenamiento en las gracias: gracias a fulano, gracias a mengano, gracias a zutano. Para acabar con el «Que Dios los bendiga» de Bush y Obama. ¡Qué nos va a bendecir! No existe. Si existiera, no existiría ese par de hipócritas.

—Le queda por insultar a Mahoma. Bien pueda, arranque. Y a ver si no lo matan los ayatolas.

—No se puede matar a un muerto. Hace cinco libros que me morí.

Niño que nace, niño que excreta. Viene a sumarse a la contaminación y a la desgracia de la Tierra. ¿No podrían descansar un tiempecito de la paridera mientras nos recuperamos un poco, madres? ¡Y este loco inconsistente que colgaron de dos palos en el Gólgota! Les quedó mal enterrado, se les salió del Santo Sepulcro y aquí lo tienen suelto haciendo desastres. El cristianismo es un insulto a la moral y a la inteligencia. Hay que barrer de la Tierra esta plaga. Como dijo Argemiro el loco pateando la puerta: «¡Aquí estoy yo!». Pues también aquí estoy yo, señores. Ya llegó por fin el que agarró la escoba.

Mientras dormimos y no soñamos se muere el alma, el *software,* aunque la maquinaria fisiológica sigue funcionando, el *hardware.* Y cada vez que despertamos resucitamos. Muere el *hardware* y se arrastra en su muerte al *software,* salvo en el mal de Alzheimer, en que pasa al revés: el viejito se queda primero sin *software,* aunque le sigue funcionando el *hardware.* Después de joder a la familia años y años, se queda también sin *hardware.* ¿Está claro, niños bastardos, hijos del Internet?

—Clarísimo, maestro. ¿Y el disco duro qué?

—Es el alma del *software,* el alma del alma.

Sumándole mi dificultad para vivir, que es muy grande, a mi dificultad para morirme, que es igual, aquí me tienen, arrastrando esto, de asombro en asombro. ¿Quién iba a imaginar que la analfabeta humanidad habría de aprender por fin a escribir, bien que mal, imitándose unos ignorantes a otros, para poderse insultar en las cloacas del Internet? Derrumbado el comunismo, le llegó el turno a la corrupta democracia. ¡Qué bueno! Sigue el Armagedón. ¿Historia con final feliz? La que termina en la muerte. Se murió mi idioma, se murió mi música y sigo solo en este viaje desolado.

—Solo no. Aquí estamos nosotras. ¿Qué secreto esconden esas canciones por las que llora?

—El secreto del que fui.

Música no es la de los pájaros trinando en los pentagramas de los cables de la luz, ésas son ridiculeces de poetastros. Música son los boleros, los porros, las rancheras, las milongas...

—Una aspirina cada seis horas y hielo en la frente. Si la fiebre le pasa de los cuarenta y cuatro grados, no se preocupen que ya no hay que bajarla. Los muertos se enfrían solos, no necesitan febrífugos.

Yo soy la música que oí de niño y el resto es ruido. Soy de sonido ortofónico como las vitrolas de la Victor, y tengo estampa de daguerrotipo, hagan de cuenta un káiser. Los días felices no volverán.

—¡Ah! Son ustedes, muchachitas. Pensé que era la Muerte.

—Vino el doctor pero se fue. Le tomó la temperatura y dijo que estaba muy alta. Le auscultó el corazón y dijo que estaba muy lento. Le miró la cara y dijo que estaba muy pálido. Pero que no nos preocupáramos, que en conjunto estaba bien, que ya se iba a morir. Que cerráramos bien la puerta.

Ya pulieron y barnizaron las ventanas y las puertas. Anteayer se fue el último albañil, ayer se fue el carpintero, hoy vinieron el cerrajero y el vidriero y en estos momentos están poniendo las chapas y los vidrios que faltan. Mañana, si Dios quiere, entronizo al Corazón de Jesús y queda inaugurada Casablanca. ¡Y a gozar de la vida, que es para lo que nació el hombre!

No pude dormir. ¡Qué noche negra! Sufriendo como un condenado la víspera de su ejecución, esperando el amanecer en el corredor de la Muerte. Pero al revés. Soy un condenado a la vida. Amanece, se me ilumina el alma, se están disipando las tinieblas. «Buenos días, señor Sol.» Prendo las fuentes: orina el niño, escupe agua a raudales la hiena. Las apago: deja de orinar el niño, deja de escupir la hiena. Las vuelvo a prender: vuelven a orinar y a escupir niño y hiena. Funcionan bien. Me quedaron perfectas.

—¿A qué horas vienen los invitados?

—A las cinco, hora del chocolate, pero no va a haber.

—Va a haber vino de consagrar con galletas Sultanas, ya sabemos. ¿Sí nos va a dar Sultanas?

—¡Claro! No más faltaba.

Vino de consagrar, una especie de oporto. Vino lo que se dice vino nunca hemos tenido en Antioquia. Los vinos Real Tesoro, de don Hernán Restrepo, amigo de mi papá, en un comienzo sólo se hicieron para la consagración de la misa. Del cura pasaron después a las señoras, y de copita en copita de vino de consagrar las señoras fueron pasando al aguardiente. Y hoy la mujer antioqueña, amén de una libertina sexual que ni Rasputín la calma, es una empedernida borracha. Beben como cosacas. Más que los hombres. Tumban un roble. Mi hermana Gloria murió de cirrosis; mi hermana Marta, de cirrosis; mi hermana Paula, de cirrosis; mi hermana Pacha, de cirrosis. Y así hasta ajustar doce. Nosotros fuimos once. Fueron más ellas que nosotros.

—Borrachas las mujeres. ¿Y los hombres?

—De criterio amplio. Le entrábamos a todo, a lo que se pusiera de moda. Contrarrestábamos lo viejo con lo nuevo, lo uno con lo otro.

—¿Cuántos quedan?

—De ellas, ni una. De ellos uno: yo.

—¿Los invitó a la entronización del santo?

—¡Claro! A unos y a otras, a todos y a todas.

¡Ah, Casablanca, qué bien te ves, casa de mancebía! Mi muchachita hermosa, mi putica, la niña de mis ojos. ¡Con qué lindos pechos cargas, te echan hacia adelante! Dos mamelas rosicler como la aurora. Y esa ranurita divina que te dio Dios para enloquecer a los hombres. Juntos vamos a dormir, hoy, mañana y siempre, en la más pura y casta unión. Casablanca, la de las siete llaves, ¿a quién querés? Decímelo pero no me lo digás que ya lo sé, me lo dicen tus fuentes: la fuente de Castalia y la fuente de Juvencio, que no hay que confundir con Juvencio Fuentes.

—¡Llegaron! ¡Ya empezaron a llegar los invitados! Viene adelante una señora gorda.

—Mi tía abuela Elenita. La velamos en la sala de Casaloca. Vivió desastrosamente. Se casó con Alfredo Escalante, un viejo, manco de una mano que le volaron de un tiro en la Guerra Civil de los Mil Días. Pero al que quiso fue a Roberto Hernández, con el que su mamá no la dejó casar. Lo amó hasta la muerte.

—Pobrecita... ¡Ahí vienen más! Como veinte.

—Háganlos pasar.

—Pasen, pasen, pasen, pasen, pasen... ¡Qué familión!

—No son todos familia, hay también ahí mucho amigo y conocido muerto.

—Primero pasa la familia y después los de la calle. Vaya diciéndonos cuáles.

—No. No discriminen que la Muerte iguala. Que pasen según vayan llegando.

—Ya oyeron. Según vayan llegando. No se atropellen, muertos, hagan cola. Orden, que para todos hay. ¡Eh, Ave María, qué gentío, esto sí va a ser todo un éxito! Mire, mire, ahí viene su abuelo con otro viejito. ¿Quién es?

—Don Alfonso Mejía, vecino de Santa Anita. Un santo. Jamás le oímos una mala palabra. Sólo al final, en que soltó la lengua como los loros con vino de consagrar: «¡Adónde vas, puta, con esa barriga inflada! ¿Quién te la metió? ¿Quién te preñó?». Tenía odio, pero lo que se dice odio, por las embarazadas. Tocaba el *Ciribiribín* en una hoja de naranjo, su dulzaina.

—¿Quiénes vienen detrás de ellos?

—Avelino Peña y las Brujas, vecinos también de Santa Anita, pero por la izquierda (don Alfonso era por enfrente). Por la derecha Ramoncito, pero no lo invité, se me pasó por alto. Avelino Peña vivía en el Alto de las Flores, donde empezaban las nubes del cielo. Lo bañaban los gallinazos de porquería. La Peña se llamaba su finca, con gran originalidad: con su apellido. Como si Vargas le pusiera a su finca Finca Vargas... Las Brujas quedaban más abajo, llegando a la carretera.

—Una Bruja viene coja, apoyándose en la otra.

—Es Sofía. Sofía Álvarez Vélez. La otra es Rosana, su hermana.

—Feas ambas. Rosana por lo menos camina por su propio pie.

—Vendían cigarrillos, mangos, matas... Hacían redecillas para el pelo, que les compraban los salones de belleza. Y escobas.

—¿Se montaban en las escobas?

—No. Eran para la venta. A Rosana la mató un carro en la curva de Los Locos, y Sofía murió no sé de qué. Al morir Sofía, la casa, que estaba en un altico mirando para la carretera, terminó en manos de la emisora La Voz Catía, que la tumbó. Frente a Santa Anita, pasando la carretera, quedaban la finca de don Alfonso Mejía y la finca San Rafael, que terminó en manos de unas monjas españolas de María Mediadora: tenían un perro que se llamaba Califa.

—Primera vez que oímos hablar de María Mediadora. ¿Es milagrosa?

—Es la misma María Auxiliadora pero con distinto nombre. Hay como veinte así. No sirven para un carajo.

—Señor, señor, ¿quién es usted? ¿Para dónde va? ¿Quién lo invitó? ¿Por qué va entrando tan seguro?

—Soy Francisco Villa, antiguo dueño de Santa Anita, que le compré a la familia Duque y que le vendí años después a don Leonidas por ciento cincuenta pesos. Él me invitó: «Véngase a Casablanca a la entronización del Corazón de Jesús de mi nieto, que va a pasar muy bueno».

—Niñas, déjenlo pasar.

—Pase pues. Fórmese en la cola de los que van entrando. ¿Quién sigue? A ver.

—Sigo yo. Yo estoy afuera desde hace media hora al sol y al agua.

—¿Y quién es usted?

—Yo soy Jaime, hijo de Matilde y Lisandro, tío del dueño de la casa nada menos.

—Sí. Tío mío aunque no lo conocí, déjenlo pasar.

—Pase pues, pase, pase. Apúrese.

—Este Jaime, hermano medio de mi papá, trabajaba como detective en el difunto SIC (Servicio de Inteligencia Colombiano), y a los veintidós años se suicidó con su revólver «de dotación», o sea oficial, por amor a una mesera. Se pegó el tiro en la boca.

—Pobre...

—La vida es muy hijueputa. Hijos de Lisandro y Matilde: Francisco, Aura, Carola, Tiberio, Jaime y otros dos que no recuerdo: siete. Hijos de Lisandro con Carmen Rosa: Lisandro hijo, Judith, mi papá, Aurora, Lucila, Ofelia y Lilia: siete. Siete con una y siete con otra dan catorce. La mayor de las mujeres, Judith, tuvo veintitrés hijos con un mismo esposo, Julio, zapatero remendón. Lucila murió en el manicomio.

—¡Qué gentío! ¿Y los invitó a todos?

—No porque no los conocí.

—¿Y si empiezan a llegar invitados los unos por los otros?

—Que pasen, para todos hay, a la hora de gastar se gasta. Buenas tardes, don Carlos Vélez, ¿cómo está?

—Más bien bien. En la eternidad. Descansando.

—Siga, siga. Otro dueño de otra finca cercana a Santa Anita, Villa Estela, pero no camino de Envigado sino de Sabaneta.

—Están llegando sus invitados por tandas. Madrugaron los de Envigado y Sabaneta. ¿Y cuántos hijos tuvo Lisandro hijo? ¿Veinte? ¿Treinta?

—Uno solo, una hija: Nora. Que se casó con César Ramírez y éstos sí tuvieron muchos, unos treinta. Uno de ellos, Álvaro, se les suicidó. Y al año siguiente se les suicidó un nieto. Carlos, un hijo de Aura, también se suicidó. De los hijos de Alfonso García y Lilia, se les suicidaron tres: León, Clara y Hernán (Lina María no, murió de vieja). Y mi hermano Silvio y mi primo Mario, también. Se despacharon.

—¡Eh Ave María, pero ustedes sí son suicidas natos, se van a acabar solos! No le vaya a dar ahora a usted por despacharse, que nosotras lo queremos.

—Por lo pronto no. Después vemos.

—Pasen, pasen. Vayan siguiendo.

—¡Atención, invitados! Les voy a ir haciendo el tour de la casa a la primera tanda. Síganme. Por aquí. Primero la primera planta. Luego la segunda. A la derecha: la sala, la antesala y el primer patio. A la izquierda, habitación grande. El cuadro que ven cubierto en la sala, y que vamos a desvelar no bien llegue el señor cura, es un Corazón de Jesús traído de México.

El cuadrito de aquí arriba, la Sagrada Familia. También de México.

—Hermoso.

—Sigamos. En el arranque de la escalera a la segunda planta tenemos a Jesús en el Huerto de los Olivos, con la Luna. Él de perfil, pensativo, meditabundo. Ella viéndolo.

—Muy bello cuadro. Y nuevo. ¿También traído de México?

—También, aquí ya no los hacen. Bueno, sigamos. En este primer patio, cantando en medio de su jardín de plantas, tenemos la primera fuente, traída de Bélgica: un niñito orinando.

—Un cupido. Hermoso. ¿En qué metal lo esculpieron?

—Lo vaciaron en antimonio, una aleación.

—¿La enredadera es lágrimas de Jacobo?

—Creo que sí. No sé.

—Muy bonita.

—El patio, como ven, se ve desde el comedor. Y el comedor, desde el patio.

—Por eso le puso al comedor reja de hierro con vidrios. Para que se miren los dos como enamorados.

—Exacto.

—Y de paso los vidrios protegen al comedor del polvo.

—Exacto. Los vidrios son locales. La reja es hierro forjado español.

—¡Qué belleza! ¡Qué opulencia! Se construyó un palacio.

—Nada de palacio. Una casa sencilla de las de antes, con sus comodidades. Pasemos a la habitación de abajo antes de seguir al comedor.

—¡Qué espaciosa! Supongo que la va a amueblar bien bonita, con un juego de muebles antiguos: cama, sillas, ropero, tocador...

—Nada de muebles. Sin mobiliario ni decoración para que no compitan con la arquitectura. O pintura sola, o escultura sola, o música sola, o literatura sola. No me gusta mezclar artes. Pasemos al comedor.

—¡Qué espacioso! Entre sus dos rejas...

—Una para un patio y la otra para el otro. A la izquierda la cocina. Con puerta corrediza.

—Para que no les lleguen los olores de cebolla y de quemado a los comensales. Una especie de *loft*.

—Bueno, si lo quieren llamar *loft*... Pero antes de mostrarles la cocina y su sistema de extracción de humo, sigamos al segundo patio. Adelante, vayan pasando.

—También con su fuente. ¡Qué bonita perra!

—No es perra, es una hiena. Vaciada en bronce. Pesa una tonelada. Empotrada en el muro divisorio de la casa con que lindamos por atrás, una agencia de seguridad que quiero comprar. Por la derecha lindamos con un edificio, y por la izquierda con la casa de unos evangélicos, a los que también les quiero comprar.

—¿Y para qué quiere más casas?

—Para tumbarlas todas y convertir sus lotes en un gran jardín integrado a Casablanca, con árboles grandes, sombrosos, que me amortigüen el Sol.

—¿Y no se le viene encima el muro divisorio con el peso de la hiena?

—Si se viene, que se venga. Más dura este muro parado que lo que va a durar el dueño sentado.

—¡Qué va! Usted todavía está joven. Tiene para largo.

—Dios dirá, Él es el que decide. Regresemos por aquí y vayan subiendo a la segunda planta mientras vuelvo un instante al portón a recibir más invitados.

—¡Qué bueno que volvió! Mire el gentío afuera. Se armó la guachafita. Esto parece entrada de discoteca.

—Que pasen todos. Ya no pidan invitación.

—Unos traen a otros y otros a otros y otros a otros. Se parrandean un entierro. ¡Qué ciudad tan novelera!

—¿Cuántos van?

—Cincuenta y ocho.

—Yo conté cuatrocientos veinte.

—Yo trescientos cuarenta.

—A ver, niñas, repártanse: unas aquí y otras adentro, a poner orden y a contar cabezas.

—Ya llegaron sus perras: cuatro, ¿no?

—¿Y dónde están?

—Correteando por los prados, escarbando en las macetas. Entraron atropellando y tumbaron a una señora. Parecen locas. Hay una especialmente móvil, no se puede quedar quieta. Hiperquinética. Negra ella, gran danés.

—¿Con una mancha blanca en el pecho?

—Sí.

—¡Es la Bruja! Y la mancha es el *sigillum Diaboli,* la marca de Satanás.

—Las otras tres también muy bonitas. Una cafecita, dóberman, con la cola y las orejas cortadas. Otra, border collie con ojos claritos y uno manchado, y de pelo largo en tres colores: amarillo, negro y miel. Y una akita inú muy segura de sí misma, con cara de que me importa un bledo el mundo.

—Argia, Kim y Quina... Mis otras hijas.

—¿Está llorando? Ojalá nos quisiera a nosotras así. Van, vienen, corren, suben, bajan. Escarban aquí, escarban allá... Le van a acabar las plantas.

—Que jueguen, que dañen, que destruyan, así me gusta a mí. La vida es para quemarla en fuegos de artificio.

—Si viene su mamá, ¿la dejamos pasar?

—No. Es protagónica, como Obama. En un bautizo quiere ser el recién nacido. En una primera comunión, el comulgante. En una boda, la novia. En un entierro, el muerto. Aquí querrá ser el Corazón de Jesús… Que no pase.

—Mire el joven que baja por la escalera. Entró diciendo que era un viejo amigo suyo, que ésta era como su casa.

—Ah sí, Chucho Lopera, amigo de la juventud. Se acostó con infinidad de muchachos que iba anotando en una libreta como la mía, pero de vivos. Uno de estos vivos lo mató con un picahielo. Chucho: ¿con cuántos muchachos te acostaste?

—Con tres mil cuatrocientos cincuenta y ocho.

—Muchos para lo breve que es la vida. Pocos para los muchos que hay.

—Aquí vienen sus hermanos. ¡Qué gentío! ¡Un pelotón! No los deje pasar a la sala que le van a desfondar el piso. ¿Y este viejo seco, adusto?

—Lisandro, mi otro abuelo, el que sólo vi una vez. Tengo tanto que preguntarle… Abuelo Lisandro: ¿sí te acordás de mí? El que fue a verte de niño, a tu casa del barrio ese en pendiente, yo soy tu nieto.

—¡Cuál de tantos, si tuve como ciento veinte!

—Contame cómo era Carmen Rosa, mi otra abuela, tu primera esposa, que murió antes de que yo naciera. Papi nunca nos habló de ella.

—¿Carmen Rosa? No la recuerdo.

—¿Pero sí te acordás de Matilde, tu segunda esposa, tu otra mujer, con la que tuviste siete hijos: Francisco, Aura, Carola, etcétera?

—Tampoco los recuerdo.

—Abuelo, sos un fenómeno: te dio el mal de Alzheimer después de muerto. Cuando yo te conocí en la casa de la pendiente no me diste la impresión de que estuvieras tan desconectado…

—¿Sabe cuántos han entrado desde que abrimos la puerta? Quinientos cincuenta.

—Yo conté seiscientos cincuenta.

—Yo doscientos cincuenta.

—Pónganse de acuerdo, muchachas, cuenten bien.

—Es que se mueven, van de un lado al otro, se nos confunden. Encerrémoslos a todos en una habitación, los vamos sacando de uno en uno y los vamos contando, y así no se repiten. No dejemos entrar más, que se están acabando las Sultanas. Hay uno que se comió tres.

—¿Y el vino?

—Vino queda.

—Los dados están echados. Las circunstancias, dadas. Los invitados, en casa. Yo me voy con esta tanda a mostrarles las habitaciones de arriba y los baños. Hagan ustedes lo que puedan, muchachas.

—Cinco habitaciones en la segunda planta, una enorme abajo, ¡y qué tragaluces y qué baños! Con sanitarios ahorradores de agua.

—Definitivamente son los mejores: por el espacio que ocupan, que es poco; por el agua que ahorran, que es mucha; y por el flotador, que no falla: es una válvula. Estoy feliz de haberme decidido por ellos. Con los de antes vivía uno en la incertidumbre. ¿Cayó el tapón? ¿No cayó? Se quedaba a mitad de camino toda la noche en suspenso en el aire flotando, y el tanque se seguía llenando, llenando pero sin acabar de llenarse: sólo subía la cuenta del agua a principios de mes. Miren qué preciosidad de espejo de agua o encharque. Acople del sanitario al piso en PVC, muy ligero pero firme. Dos botones de descarga: ocho litros para sólidos, y seis litros para líquidos. Estoy encantado con ellos. Da gusto usarlos. ¡Qué bueno que los compré!

—Y así todo. De primera.

—Interruptores y tomacorrientes por todas partes, en todas las paredes. Y miren abajo, arribita de los zócalos: extensiones para cables de luz de tres salidas. ¿Y ven este foco del pasillo? Prende y apaga solo. Funciona con interruptor solar. Es un foco de despiste.

—¿Para qué?

—Para despistar a los ladrones. ¿Me voy unos días de vacaciones? Pues en la noche el foco se pone a prender y a apagar en una sucesión programada con irregularidad caprichosa, y los ladrones creen que hay alguien en la casa y no: se fue el dueño a Cartagena a la rumba y la dejó sola.

—Toda precaución en Colombia es poca. Hace bien.

—En lo que sí no voy a economizar es en luz de noche. Pasen al garaje. Sigan por aquí. Ojo a los escalones. Permítanme que encienda. ¿Qué ven?

—Habilitó el garaje de depósito.

—Abran esas cajas.

—Focos de los de antes.

—Los mejores. Los de ahora no sirven, dan una luz mortecina.

—¿Cuántos compró?

—Quince mil. Para que nunca me falten. Me van a durar hasta para después de la segunda guerra atómica. Y miren detrás de esta puerta: el tablero interruptor de la energía con su caja de *brakes*.

—Le hicieron un trabajo eléctrico de primera. Plomería, de primera. Albañilería, de primera. Carpintería, de primera. Herrajería, de primera. Hojalatería, de primera. El trabajador colombiano es una joya. ¡Con razón están triunfando en Europa!

—Discúlpenme, que me están llamando en la entrada.

—Llegó su abuela. Es hermosa. Un amor. Tiene la bondad en los ojos. Está en el segundo patio conversando con sus perras.

—Aquí, m'hijo. Esperándote.

—Ay, abuela, no llorés que me vas a contagiar el llanto. Cuarenta años sin verte, pero sin dejar ni un instante de quererte. Te seguí llamando siempre a Santa Anita: «¿Hablo al setecientos quince doce? ¿Me pasa a doña Raquelita? ¡Cómo que quién es! Pues doña Raquel Pizano, la dueña. ¡Cómo se va a haber muerto, si es mi abuela! Ha de estar en el corredor de atrás limpiando café. Vaya dígale que le habla de larga distancia, de México, su nieto, el que más la quiere. ¡Cómo va a estar dormida, si se levanta a las cinco de la mañana! ¡Cómo van a haber tumbado a Santa Anita, si es hermosa! No se burlen, por Dios, de mí, que no les he hecho ningún daño». Y me colgaban. Todo fue un embeleco, abuela, una quimera, nada valía la pena. El niño que fui sigue viviendo en mí como un extraño. ¿Viste la casa? ¿La Sagrada Familia que está en la entrada? ¿El Jesús en el Huerto donde empieza la escalera? ¿La Santísima Trinidad de mi cuarto? ¿El San Antonio de Padua del comedor? Los mismos de Santa Anita. Te falta ver el Corazón de Jesús, que está cubierto con una cortinita de terciopelo rojo en la sala para que vos lo desvelés, jalando una cuerdita que va a descorrer el velo. El padre Ferro, el que me bautizó en la iglesia del Sufragio, nos lo va a entronizar. Está que llega.

—¡Llegó el cura! ¡Ya llegó! ¡Venga a la puerta a recibirlo!

—No se dice «cura», niñas, suena mal. Se dice el «padre», el «padrecito». ¿Le ofrecieron vino de consagrar con Sultanas al padrecito?

—Dice que no toma. Y se acabaron las Sultanas. Una señora flaca se comió las últimas tres.

—Ya sé quién fue: Tulia Marín, amiga de la familia. Mañana compramos más.

—¡De aquí a mañana estamos muertas! Con este boleo y sin comer... ¿Quién aguanta?

—Shhhh... Empezó la ceremonia.

—*Benedic Domine, Deus omnipotents, domum istam: ut sit in ea sanitas, castitas, victoria, virtus, humilitas, bonitas, et mansuetudo, plenitudo legis, et gratiarum actio Deo Patri, et Filio, et Spiritu Sancto; et hæc benedictio mane at super hanc domum et super habitantes in ea nunc et in omnia sæcula sæculorum.* Divino Corazón de Jesús: entra en esta casa como entraste antes en la de tus amigos de Caná y Betania y en la del publicano Zaqueo. Toma posesión de ella y establece aquí tu trono. Que este día de tu entronización en nuestro hogar sea para nosotros el de la máxima alegría.

Una hora estuvo el padre Ferro rezando en latín y en castellano. Venía revestido de sobrepelliz y estola y traía agua bendita y un hisopo. Mi abuela corrió el velo y apareció, resplandeciente, la imagen. El padre la roció con agua bendita y la bendijo, en tanto nosotros, los muertos, los fantasmas, observábamos arrodillados en silencio. Después como habían venido se fueron yendo todos y me dejaron solo en la desierta casa. «Ésta te la gané, Colombia. Conmigo no pudiste, mala patria.» Cayó la noche y me dormí y soñé con los sanitarios de Santa Anita. Ya bien avanzado el día me despertó el estrépito de una demolición: estaban tumbando la casa contigua, la de los evangélicos. Salí a la calle. Un negroide de estos que produce la tierra manejaba la retroexcavadora y ya había tumbado varias paredes. ¡Cómo no me avisaron que la iban a demoler! ¿No les dije que yo la compraba y que les daba más que el que más? ¡Tas! ¡Tas! ¡Tas! Iban cayendo, deleznables, las paredes. Con premonición de unos segundos supe lo que venía: que el golpe en la pared limítrofe lo iba a calcular mal el hijueputa y le iba a dar a mi casa. Y así fue. Calculó mal, y con el golpe a la pared limítrofe se arrastró a Casablanca. ¡Plaaaaaaas! Una inmensa nube de polvo fue ascendiendo al cielo, la sede de la Bondad Infinita desde donde reina el Todopoderoso.

Esta obra se terminó de imprimir el mes de julio del año 2013
en los talleres de: DIVERSIDAD GRAFICA S.A. DE C.V,
Privada de Av. 11 # 4-5 Col. El Vergel Del. Iztapalapa C.P. 09890
México, D.F. 5426-6386, 25968637.